TOVE
DITLEVSEN

JUGEND

atb aufbau taschenbuch

TOVE DITLEVSEN (1917–1976), geboren in Kopenhagen, galt lange Zeit als Schriftstellerin, die nicht in die literarischen Kreise ihrer Zeit passte. Sie stammte aus der Arbeiterklasse und schrieb offen über die Höhen und Tiefen ihres Lebens. Heute gilt sie als eine der großen literarischen Stimmen Dänemarks und Vorläuferin von Autorinnen wie Annie Ernaux und Rachel Cusk. Die »Kopenhagen-Trilogie« mit den drei Bänden »Kindheit«, »Jugend« und »Abhängigkeit« ist ihr zentrales Werk, in dem sie das Porträt einer Frau schafft, die entschieden darauf besteht, ihr Leben nach den eigenen Vorstellungen zu leben. Die »Kopenhagen-Trilogie« erscheint in über dreißig Sprachen und wird international als große literarische Wiederentdeckung gefeiert.

URSEL ALLENSTEIN, 1978 geboren, studierte Skandinavistik und Germanistik in Frankfurt und Kopenhagen. Sie ist Übersetzerin aus dem Dänischen, Schwedischen und Norwegischen von u.a. Christina Hesselholdt, Sara Stridsberg und Johan Harstad. Für ihre Übersetzungen wurde sie vielfach ausgezeichnet, zuletzt mit dem Jane-Scatcherd-Preis der Ledig-Rowohlt-Stiftung.

In »Jugend« erzählt Tove Ditlevsen vom Erwachsenwerden im Kopenhagen der 1930er Jahre. Tove stürzt sich voller Energie ins Leben. Mit 14 Jahren verlässt sie die Schule, beginnt ohne weitere Ausbildung eine Reihe von kleinen Jobs anzunehmen, arbeitet als Dienstmädchen und Bürogehilfin, sie schlägt sich durch. Sie lernt Herrn Krogh, einen älteren wunderlichen Antiquar kennen, der ihr immer wieder Bücher leiht. Mit 17 zieht Tove bei den Eltern aus, geht tanzen und die Möglichkeit, ein eigenes Buch zu veröffentlichen, rückt in greifbare Nähe. Das Porträt einer jungen Frau, die furchtlos und entschieden ins Leben zieht.

TOVE DITLEVSEN

JUGEND

Zweiter Teil
der Kopenhagen-Trilogie

Aus dem Dänischen
von Ursel Allenstein

atb aufbau taschenbuch

Die Originalausgabe unter dem Titel
Ungdom
erschien 1967 bei Gyldendal, Kopenhagen.

Die Übersetzerin dankt dem Deutschen Übersetzerfonds
für die Unterstützug ihrer Arbeit.

Der Verlag dankt der Danish Arts Foundation.

Danish Arts
Foundation

MIX
Papier | Fördert
gute Waldnutzung
FSC® C083411

ISBN 978-3-7466-3993-2

Aufbau Taschenbuch ist eine Marke
der Aufbau Verlage GmbH & Co. KG

2. Auflage 2025
Vollständige Taschenbuchausgabe

www.aufbau-verlage.de
10969 Berlin, Prinzenstraße 85
Die deutsche Erstausgabe erschien 2021 bei Aufbau,
einer Marke der Aufbau Verlage GmbH & Co. KG

Bei Fragen zur Sicherheit unserer Produkte wenden Sie sich bitte
an produktsicherheit@aufbau-verlage.de.
Umschlaggestaltung Anzinger und Rasp, München
unter Verwendung eines Motivs von © Katrien De Blauwer
Satz Greiner & Reichel, Köln
Druck und Binden CPI books GmbH, Leck, Germany

Printed in Germany

EINS

Ich blieb nur einen Tag an meinem ersten Arbeitsplatz. Morgens ging ich um halb acht von zu Hause los, um überpünktlich dort zu sein, denn am Anfang müsse man sich Mühe geben, meinte meine Mutter, die in sämtlichen Haushalten, wo sie in ihrer Jugend eine Stelle angenommen hatte, selbst nie über den Anfang hinausgekommen war. Ich trug das Festtagskleid für die Zeit nach der Konfirmation, das Tante Rosalia für mich genäht hatte. Es war aus hellblauer Wolle und vorne gerafft, weshalb ich darin nicht ganz so platt aussah wie sonst. Ich ging im dünnen, grellen Sonnenschein die Vesterbrogade entlang und fand, dass alle Menschen frei und glücklich aussahen. Sobald sie die Haustür in der Pile Allé passiert hatten, die mich gleich verschlucken würde, wurde ihr Gang tänzerisch leicht, als wohnte das Glück irgendwo auf der anderen Seite des Valby Bakke. Im dunklen Flur roch es so stark nach Angst, dass ich fürchtete, Frau Olfertsen könnte es auch bemerken und denken, ich hätte diesen Geruch ins Haus gebracht. Mein Körper und meine Bewegungen waren steif und beklommen, während ich ihrer flatterhaften Stimme lauschte, die mir tausend Dinge erklärte und zwischen den Erklärungen wie eine leere Spule weiterlief, in einem ununterbrochenen Strom von nichts und wieder nichts plappernd – dem Wetter, ihrem Sohn, wie groß ich doch für mein Alter sei. Sie fragte, ob ich eine Schürze dabeihätte, und ich zog die meiner Mutter aus meiner leeren

Schultasche. Sie hatte neben der Naht ein Loch, denn irgendetwas war immer mit ihren Sachen, und der Anblick rührte mich. Meine Mutter schien weit weg, und ich würde sie erst in acht Stunden wiedersehen. Ich befand mich unter Fremden, die mich lediglich als eine Person ansahen, deren Arbeitskraft sie jeden Tag für eine bestimmte Anzahl von Stunden und für einen bestimmten Lohn gekauft hatten. Der ganze Rest von mir war einerlei. Als wir in die Küche gingen, kam der kleine Junge in seinem Schlafanzug angerannt. »Guten Morgen, Mami«, flötete er liebreizend, schmiegte sich an das Bein seiner Mutter und warf mir einen feindseligen Blick zu. Die Dame des Hauses befreite sich behutsam und sagte: »Das ist Tove, sag ihr fein Guten Tag!« Zögernd streckte er mir seine Hand hin, und als ich sie ergriff, sagte er drohend: »Du musst alles machen, was ich dir sage, sonst erschieße ich dich.« Die Mutter lachte laut, dann zeigte sie mir ein Tablett mit einer Teekanne und Tassen und bat mich, das Getränk zuzubereiten und ins Wohnzimmer zu bringen. Sie nahm den Jungen an der Hand und trippelte auf ihren hohen Absätzen mit ihm dorthin. Ich kochte das Wasser und goss es in die Teekanne, auf deren Boden die Teeblätter lagen. Ich war mir nicht sicher, ob das korrekt war, weil ich noch nie Tee getrunken oder zubereitet hatte. Ich stellte fest, dass die Reichen Tee tranken und die Armen Kaffee. Dann drückte ich mit dem Ellenbogen die Türklinke hinunter und trat ins Wohnzimmer, wo ich erschrocken stehen blieb. Frau Olfertsen saß auf dem Schoß eines Mannes namens Onkel William, dessen Existenz ich völlig vergessen hatte, und auf dem Boden lag Toni, der Junge, und spielte mit einer Eisenbahn. Die Hausherrin sprang hastig auf und fing an, im Zimmer auf und ab zu schreiten, so dass ihre weißen Arme das Sonnenlicht in kleine grelle Blitzlichter zerschnitten. »Seien Sie so gut und klopfen Sie an, bevor Sie zur Tür hereinkommen«, fauchte sie. »Ich weiß ja nicht, wie Sie das kennen, aber bei uns ist es so üblich, und daran sollten Sie sich besser gewöhnen. Gehen Sie noch einmal hinaus!« Sie deutete auf die Tür, und ich stellte verwirrt das Tablett ab und verließ das Zimmer. Aus irgendeinem Grund versetzte es mir einen Stich, dass sie mich siezte. Das hatte ich noch nie erlebt. Als ich den Flur erreicht hatte, rief sie: »Und jetzt klopfen Sie an!« Ich tat es. »Herein!«, ertönte es. Diesmal saßen die Hausherrin und der wortkarge Onkel William auf verschiedenen Stühlen. Die Demütigung trieb mir die Schamesröte ins Gesicht, und ich beschloss auf der Stelle, dass ich keinen von ihnen ausstehen konnte. Das half ein bisschen. Nachdem sie ihren Tee getrunken hatten, gingen sie beide ins Schlafzimmer und zogen sich um. Dann verließ Onkel William das Haus, nachdem er Mutter und Kind die Hand gegeben hatte. Ich war anscheinend niemand, von dem man sich verabschieden musste. Die Dame überreichte mir eine lange, maschinengeschriebene Liste mit Tätigkeiten, die ich zu verschiedenen Tageszeiten erledigen sollte. Anschließend verschwand sie wieder im Schlafzimmer und kehrte mit einem harten und strengen Ausdruck im Gesicht zurück. Mir fiel auf, dass sie stark geschminkt war und eine künstliche Frische ohne Lebendigkeit ausstrahlte. Vorher war sie in meinen Augen hübscher gewesen. Sie kniete sich hin und küsste den noch immer spielenden Jungen, stand auf, nickte mir kaum merklich zu und verschwand zur Haustür hinaus. Das Kind erhob sich augenblicklich, zupfte an meinem Kleid und blickte mich schmeichlerisch an. »Toni will Sardellen haben«, sagte er. Sardellen? Ich war sprachlos, wusste aber im Grunde nichts über die Essgewohnheiten von Kindern. »Das darfst du nicht. Hier steht …«, ich studierte den Zeitplan, »10 Uhr: Brotsuppe für Toni, 11 Uhr: ein weichgekochtes Ei und eine Vitamintablette, 13 Uhr …« Er hatte keine Lust, sich die Fortsetzung anzuhören. »Hanne hat mir immer Sardellen gegeben«, unterbrach er mich ungeduldig, »alles andere hat sie selbst gegessen, das kannst du genauso machen.« Hanne musste meine Vorgängerin sein, und auch ich sah mich außerstande, eine Menge Essen in ein Kind hineinzustopfen, das nichts als Sardellen haben wollte. »Na gut«, sagte ich, schon weitaus besser aufgelegt, nachdem die Erwachsenen gegangen waren. »Wo stehen denn die Sardellen?« Er kletterte auf einen Küchenstuhl, holte ein paar Konservenbüchsen herunter und kramte auch einen Dosenöffner aus einer Schublade hervor. »Aufmachen«, befahl er gierig und reichte mir beides. Ich öffnete eine Büchse und setzte ihn, wie er es verlangte, auf den Küchentisch. Dann ließ ich eine Sardelle nach der anderen in seinem aufgesperrten Mund verschwinden, und als keine mehr übrig waren, bat er darum, zum Spielen in den Hof gehen zu dürfen. Ich half ihm beim Anziehen und schickte ihn die Küchentreppe hinunter. Vom Fenster aus würde ich ihn beaufsichtigen können. Jetzt musste ich putzen. Einer der Punkte lautete: »Mit dem Kehrgerät über die Teppiche.« Ich holte das schwere Ungetüm hervor und bugsierte es auf den großen roten Teppich im Wohnzimmer. Versuchsweise schob ich es über ein paar Flusen, die allerdings nicht verschwinden wollten. Ich schüttelte das Gerät ein wenig und fummelte am Mechanismus herum, woraufhin sich der Deckel öffnete und ein Haufen Dreck auf den Teppich rieselte. Es gelang mir nicht, das Gerät wieder zusammenzubauen, und da ich nicht wusste, wohin mit dem Dreck, schob ich ihn mit dem Fuß unter den Teppich und trampelte ein wenig darauf herum, um den Haufen zu verteilen. Nach all diesen Strapazen war es bereits zehn Uhr, und ich hatte Hunger. Ich aß die erste von Tonis Mahlzeiten und stärkte mich mit ein paar Vitamintabletten. Dann folgte der nächste Punkt: »Alle Möbel mit Wasser abbürsten«. Verwundert starrte ich erst auf den Zettel, dann auf die Möbel ringsherum. Das schien merkwürdig, aber so war es hier wohl üblich. Ich nahm eine Bürste mit schönen harten Borsten, ließ einen Eimer mit kaltem Wasser volllaufen und begann erneut im Wohnzimmer. Ich scheuerte energisch und gründlich, bis ich die Hälfte des Flügels bearbeitet hatte. Erst in dem Moment dämmerte mir, dass etwas haarsträubend schiefgelaufen war. Die Bürste hatte auf der feinen, glänzenden Oberfläche hunderte feiner Risse hinterlassen, und ich wusste nicht, wie ich sie wieder zum Verschwinden bringen sollte, bis die Dame des Hauses nach Hause kam. Die Furcht kroch über meine Haut wie kalte Schlangen. Ich nahm den Zettel und las erneut: »Alle Möbel mit Wasser abbürsten.« Wie ich die Anweisung auch drehte und wendete, sie blieb unmissverständlich und nahm den Flügel nicht aus. Galt er womöglich gar nicht als Möbel? Inzwischen war es dreizehn Uhr, und Frau Olfertsen würde um siebzehn Uhr wiederkommen. Ich verspürte eine so brennende Sehnsucht nach meiner Mutter, dass ich keine weitere Zeit verlieren konnte. Hastig zog ich mir die Schürze über den Kopf, rief aus dem Fenster nach Toni und behauptete, wir würden jetzt in ein paar Spielzeugläden gehen. Er kam sofort hoch, und ich zog ihm Jacke und Schuhe an und stürzte so eilig mit ihm die Vesterbrogade hinab, dass er kaum mithalten konnte. »Wir gehen jetzt zu meiner Mutter«, erklärte ich atemlos, »und essen Sardellen.«

Meine Mutter war sehr erstaunt, mich schon so früh wiederzusehen, doch als wir hereingekommen waren und ich ihr von dem zerkratzten Flügel erzählte, brach sie in Gelächter aus. »Um Himmels Willen«, sagte sie, »hast du den Flügel wirklich mit Wasser abgebürstet? Oh nein, wie kann man nur so dumm sein!« Dann wurde sie plötzlich ernst. »Hör mal«, sagte sie, »es hat keinen Zweck, dass du noch mal dorthin zurückgehst. Wir finden sicher eine andere Stelle für dich.« Ich war dankbar, aber nicht besonders verwundert. So war sie, und wenn es nach ihr gegangen wäre, hätte auch Edvin seine Lehrstelle wechseln dürfen. »Ja«, sagte ich, »aber was ist mit Vater?« »Ach«, sagte sie, »dem erzählen wir einfach die Geschichte mit Onkel William, so was kann dein Vater nicht gut ertragen.« Wir gerieten in eine ausgelassene Stimmung wie in alten Tagen, und als Toni weinend nach Sardellen verlangte, nahmen wir ihn mit in die Istedgade und kauften ihm zwei Büchsen. Um kurz vor vier brachen meine Mutter und der Junge wieder zu Frau Olfertsen auf, wo meine Mutter auch die Schürze und die Schultasche ausgehändigt bekam. Ich erfuhr nie, was die Dame des Hauses zu dem ramponierten Flügel gesagt hatte.

ZWEI

Ich bin in einer Fremdenpension in der Vesterbrogade angestellt, nahe der Freiheitssäule. Für meine Mutter wäre es genauso undenkbar, mich in einen anderen Stadtteil zu schicken wie nach Amerika. Ich trete jeden Morgen um acht Uhr den Dienst an und arbeite zwölf Stunden in einer rußigen und fettigen Küche, wo niemals Ruhe einkehrt. Wenn ich abends nach Hause komme, bin ich so müde, dass ich direkt ins Bett falle. »Diesmal«, mahnt mein Vater, »hast du auf deiner Stelle zu bleiben.« Auch meine Mutter findet, ein wenig Beschäftigung täte mir gut, und außerdem können wir den Coup mit Onkel William nicht wiederholen. Ich denke unablässig daran, wie ich diesem trostlosen Dasein entkommen kann. Ich schreibe keine Gedichte, weil mich nichts in meinem Alltag dazu inspiriert. In die Bibliothek schaffe ich es ebenfalls nicht mehr. Mittwochs habe ich zwar schon um zwei Uhr nachmittags frei, doch auch dann gehe ich schnurstracks nach Hause und ins Bett. Die Pension gehört Frau Petersen und Fräulein Petersen. Die beiden sind Mutter und Tochter, obwohl sie meiner Meinung nach fast gleich alt aussehen. Außer mir ist noch ein sechzehnjähriges Mädchen namens Yrsa dort angestellt. Sie steht in der Rangordnung weit über mir, denn wenn die Pensionsgäste speisen, zieht sie ein schwarzes Kleid, eine weiße Schürze und eine weiße Haube an und huscht mit den schweren Schüsseln hin und her. Sie ist das Zimmermädchen und darf auch die Gäste bedienen. In zwei Jahren, versprechen die Damen, dürfe ich ebenfalls servieren und bekäme wie Yrsa vierzig Kronen im Monat. Jetzt verdiene ich dreißig. Ich bin dafür zuständig, dass immer ein Feuer im Küchenherd brennt, und ich muss die Zimmer der drei Pensionsgäste, die Toilette und die Küche putzen. Obwohl ich alles im Eiltempo erledige, gerate ich ständig ins Hintertreffen. Fräulein Petersen schimpft mich aus: »Hat Ihre Mutter Ihnen denn nicht beigebracht, wie man einen Lappen auswringt? Haben Sie noch nie eine Toilette geputzt? Warum verziehen Sie das Gesicht? Ich hoffe sehr für Sie, dass Sie in Ihrem Leben niemals mit etwas Schlimmerem konfrontiert werden!« Yrsa ist klein und dünn und hat ein schmales, blasses Gesicht mit einer Stupsnase. Wenn die Damen ihren Mittagsschlaf halten, trinken wir am Küchentisch eine Tasse Kaffee, und sie sagt: »Wenn du nicht immer schwarze Ränder unter den Nägeln hättest, dürftest du bestimmt auch servieren. Ich habe gehört, wie Frau Petersen das gesagt hat.« Oder: »Wenn du dir öfter die Haare waschen würdest, dürften dich die Gäste auch zu Gesicht bekommen, da bin ich mir sicher.« Für Yrsa gibt es keine Welt außerhalb der Pension und kein höheres Ziel, als bei jeder Mahlzeit um die Tische zu rennen. Ich reagiere nicht auf die Bemerkungen, die immer wie aus einer Zwille geschossen kommen und doch nie richtig treffen. Während Yrsa und ich abwaschen und die Damen hinter uns am Herd in den großen Töpfen das Essen zubereiten, reden sie über ihre Krankheiten, die sie von einem Arzt zum nächsten führen, weil keiner es ihnen recht macht. Sie leiden unter Gallensteinen, verkalkten Arterien, zu hohem Blutdruck, Schmerzen am ganzen Körper, geheimnisvollen inneren Leiden und düsteren Warnsignalen aus der Magengegend, wann immer sie etwas gegessen haben. Sonntags gehen sie am Behindertenheim auf der Grønningen vorbei, um sich am Anblick der Invaliden zu erquicken, und auch sonst würdigen sie mit einer geradezu unheimlichen Wollust alles und jeden herab. Vor allem an ihren eigenen Gästen haben sie viel auszusetzen. Sie sind genauestens über deren Privatleben im Bilde und diskutieren intime Details, während sie das Essen in Yrsas Schüsseln füllen und darüber jammern, welche Unmengen diese Menschen doch verschlingen. Manchmal habe ich das Gefühl, ihre bösartigen, niederen Gedanken dringen durch die Haut in mich hinein und rauben mir die Luft zum Atmen. Die meiste Zeit über finde ich dieses Leben aber einfach nur unerträglich langweilig und denke voller Melancholie zurück an meine abwechslungs- und ereignisreiche Kindheit. In dem schmalen Streifen des Tages, wenn ich wach genug bin, um mich ein bisschen mit meiner Mutter zu unterhalten, frage ich sie aus, was im Haus und in der Familie passiert und sauge gierig jede wohltuende Neuigkeit in mich auf. Gerda arbeitet jetzt bei Carlsberg, und ihre Mutter bleibt zu Hause und passt auf das Kleine auf. Ruth treibt sich neuerdings mit Jungs herum, und das hätte man auch absehen können, meint meine Mutter, man solle eben nie anderer Leute Kinder adoptieren. Edvin hat seine Arbeit verloren und kommt wieder häufiger zu Besuch. »Deswegen brauchst du dir aber keine Sorgen zu machen«, sagt meine Mutter, »denn jetzt hustet er wenigstens nicht mehr so schlimm.« Trotzdem bin ich ein wenig erschüttert, weil mein Vater immer gesagt hat, Handwerker könnten nicht arbeitslos werden. »Mein Gott«, ruft meine Mutter im nächsten Moment begeistert, »ich hätte fast zu erzählen vergessen, dass Onkel Carl ins Krankenhaus gekommen ist! Er ist ganz furchtbar krank, was natürlich niemanden wundert, bei seinem Lebenswandel. Tante Rosalia besucht ihn jeden Tag, aber für sie wäre es ja nun wirklich besser, wenn er das Zeitliche segnen würde. Und dann ist die Margarine bei Irma zwei Öre teurer geworden, ist das nicht allerhand?« »Dann kostet sie jetzt 49 Öre«, sage ich, denn ich hatte die Preise immer genau im Blick, weil ich entweder zusammen mit meiner Mutter oder allein zum Einkaufen ging. »Ich hoffe nur, dass Vater im Ørstedswerk bleiben kann«, fährt sie fort, »jetzt ist er schon drei Monate dort. Obwohl die Nachtschichten natürlich nicht schön sind.« In der zunehmenden Dunkelheit lullt mich ihre plaudernde Stimme ein, bis ich mit dem Kopf auf den Armen am Tisch einschlafe.

Eines Abends erwache ich wie so oft vom Klirren der Tassen und dem Duft des Kaffees aus dieser Haltung. Während ich schläfrig meinen Kopf hebe, fällt mein Blick auf einen Namen in der Zeitung: Redakteur Brochmann. Plötzlich hellwach, starre ich darauf, und erst dann geht mir langsam auf, dass es eine Todesanzeige ist. Sie trifft mich wie ein Peitschenhieb. Ich wäre nie auf die Idee gekommen, dass er sterben könnte, bevor ich ihn wiedersehe. Es ist ein Gefühl, als hätte er mich im Stich gelassen, und ich bliebe ohne die geringste Hoffnung für meine Zukunft allein auf der Welt zurück. Meine Mutter schenkt mir Kaffee ein und stellt die Kanne auf seinen Namen. »Jetzt trink schon«, fordert sie mich auf und setzt sich auf die andere Seite des Tischs. Sie sagt: »Schön-Ludvig ist in der Anstalt. Seine Mutter ist ja gestorben, und dann sind sie einfach gekommen und haben ihn abgeholt.« »Ja«, sage ich und habe schon wieder das Gefühl, wir wären unendlich weit voneinander entfernt. Sie sagt: »Wie schön das für dich wird, wenn du ein Fahrrad bekommst. Nur noch zwei Monate.« »Ja«, sage ich. Ich gebe meinen Eltern im Monat zehn Kronen ab, weitere zehn zahle ich fürs Alter auf die Bank ein und die übrigen zehn habe ich zu meiner eigenen Verfügung. Gerade ist mir das Fahrrad egal, alles ist mir egal. Ich trinke meinen Kaffee, und meine Mutter fragt: »Du bist so still, es wird doch wohl nichts sein?« Sie sagt es mit scharfer Stimme, denn sie mag mich nur, wenn meine Seele ganz in der ihren ruht und ich keinen heimlichen Winkel davon für mich behalte. »Wenn du nicht aufhörst, so seltsam zu sein, wirst du nie heiraten«, sagt sie. »Das will ich sowieso nicht«, erwidere ich, obwohl ich just in diesem Moment dasitze und eine Hochzeit als verzweifelten Ausweg in Betracht ziehe. Ich denke an das Gespenst meiner Kindheit: den soliden Handwerker. Ich habe nichts gegen Handwerker, es ist das Wort solide, das all meine lichten Zukunftspläne blockiert. Es ist grau wie ein Regenhimmel, durch den kein munterer Sonnenstrahl hindurchdringen kann. Meine Mutter steht auf. »Wie auch immer«, sagt sie, »das Bett ruft. Wir müssen ja früh raus.« Sie wünscht mir vom Türrahmen aus eine gute Nacht und sieht misstrauisch und beleidigt aus. Nachdem sie gegangen ist, stelle ich die Kaffeekanne beiseite und lese die Todesanzeige noch einmal. Über dem Namen prangt ein schwarzes Kreuz. Ich sehe sein freundliches Gesicht vor mir und höre seine Stimme: »Kommen Sie in ein paar Jahren wieder, meine Liebe.« Meine Tränen tropfen auf die Buchstaben, und ich finde, dies ist der schwerste Tag meines Lebens.

DREI

Ich versank in eine lang anhaltende Apathie, die mir jede Initiative raubte. »Sie schlafen ja mit offenen Augen«, sagten die Damen, deren Vorwürfe mich weniger denn je beeindruckten. Ich verlor auch die Lust, mit meiner Mutter zu sprechen, und als Edvin eines Abends mit einer Einladung von Thorvald kam, lehnte ich ab. Ich hatte keine Muße, mit dem jungen Mann tanzen zu gehen, dem meine Gedichte so gut gefallen hatten. Vielleicht kannte sein Vater einen anderen Redakteur, der dann ebenfalls sterben würde, bevor ich alt genug war, um richtige, erwachsene Gedichte zu schreiben. Inzwischen war ich überempfindlich und wagte es nicht, mich weiteren Enttäuschungen auszusetzen. Es war Sommer geworden. Wenn ich abends nach Hause ging, kühlte die frische Luft meine Küchenherdwangen wie ein Seidentuch, und junge Mädchen in hellen Kleidern spazierten Hand in Hand mit ihren Liebsten vorbei. Ich fühlte mich sehr allein. Von den Mädchen neben den Mülltonnen kannte ich jetzt nur noch Ruth, die mir immer noch »Tach« zurief, wenn ich den Hof durchquerte. Von Leben und Erinnerungen überschwemmt, blickte ich zur Mauer des Vorderhauses auf, dieser Klagemauer meiner Kindheit, hinter der Menschen speisten und schliefen und sich stritten und schlugen. Dann ging ich die Treppe hinauf in meinem roten Kleid mit den blauen Punkten und Puffärmeln, dem einzigen Sommerkleid, das ich besaß. Manchmal saß Jytte oben im Wohnzimmer und rauchte Zigaretten, die sie auch meiner Mutter anbot. Meine Mutter rauchte linkisch und unbeholfen und bekam ständig Rauch in die Augen. Mittlerweile arbeitete Jytte in einer Tabakfabrik. Mein Vater sagte, sie würde die Zigaretten stehlen, aber das war meiner Mutter egal. Sie brauchte immer eine bedeutend jüngere Freundin, weil sie selbst so jugendlich war. Doch in ihrem schwarzen Haar zeigten sich graue Strähnen, und sie hatte um die Hüften zugelegt. Aus diesem Grund besuchte sie oft das Dampfbad der Badeanstalt in der Lyrskovgade, und wenn sie nach Hause kam, erzählte sie begeistert, wie fett die anderen Frauen waren.

Eines Abends klingelte es an der Küchentür der Pension, und als ich öffnete, stand Ruth davor. »Tach«, sagte sie lächelnd, »gehst du bald nach Hause? Es gibt etwas, das ich dir erzählen möchte.« »Ja«, antwortete ich, »warte kurz draußen.« Ich schüttete das letzte Spülwasser weg, zog meine Schürze aus und schlüpfte zu ihr hinaus, als wäre sie eine heimliche Verbindung, von der niemand erfahren durfte. Was wollte sie von mir? Es hatte schon lange niemand mehr etwas von mir gewollt. Sie trug ein weißes Leinenkleid mit kurzen Ärmeln und einem breiten schwarzen Lackgürtel um die Taille. Sie benutzte Lippenstift, und ihre Augenbrauen waren gezupft wie die meiner Mutter. Obwohl sie immer noch klein war, wirkte sie in meinen Augen sehr erwachsen. Wir sagten nichts, bis wir die Straße erreicht hatten, dann aber redete Ruth drauflos, als hätten wir uns nie voneinander entfernt. Sie erzählte, Minna sei mit der Schule fertig und wohne jetzt in Østerbro, in dem Haushalt, wo sie auch arbeite. »Østerbro?«, fragte ich verblüfft. »Ja«, sagte Ruth, »aber sie hatte ja auch schon immer eine Schraube locker.« Die Nachricht von Minnas Weggang freute mich nicht so, wie man meinen sollte. Ich dachte lediglich, dass Ruth nie jemanden vermisste. Sie hatte Minna mit einem Schulterzucken abgeschrieben, so, wie vor einem Jahr vermutlich auch mich. In ihrem Herzen war kein Platz für tiefe und bleibende Gefühle. Als wir zur Sundevedsgade kamen, wo ich normalerweise abbog, blieben wir stehen. »Du hast ja noch gar nicht gehört, was ich dir erzählen wollte«, sagte Ruth. Ich ging nur zögernd mit ihr weiter, denn jetzt musste meine Mutter vergeblich auf mich warten, und wenn zu viel Zeit verging, würde sie zur Pension gehen und nach mir fragen. Erführe sie dann, dass ich schon aufgebrochen war, würde sie sicher denken, mir wäre etwas zugestoßen. Doch Ruth strahlte immer noch schwach etwas von ihrem alten Zauber aus, und von ihrer Macht, mich zu etwas zu bringen, auf das ich selbst nie gekommen wäre. Ruth erzählte, sie habe einen Freund, einen sechzehnjährigen Jungen, der Ejvind heiße und im Amerikavej wohne. Er mache eine Lehre als Mechaniker, und sie wollten eines Tages heiraten. Er hätte sie entjungfert, was »schrecklich schön« gewesen sei. Außerdem habe sie einen sehr reichen Mann kennengelernt, einen Antiquar, der im Gammel Kongevej wohne. Zu ihm wolle sie mich gerne mitnehmen. Sie hätte ihn alleine besucht, aber er hätte versucht, sie zu verführen, und so etwas, sagte sie ganz tugendhaft, wolle sie Ejvind nicht antun. Der reiche Mann heiße Herr Krogh, und er sei gut mit Holger Bjerre befreundet, den er davon überzeugen könne, Ruth als Revuemädchen zu engagieren. »Und dich auch«, sagte sie, »das hat er mir versprochen.« »Mich?« Ein Hoffnungsstreif erhellt mein Gemüt. Ein Revuemädchen steht jeden Abend auf der Bühne und tanzt, und tagsüber kann es tun und lassen, was es will. Ich bin mir sicher, dass meine Eltern mir das nie erlauben würden, aber wenn ich mit Ruth zusammen bin, ist die Welt sowieso nie ganz wirklich. »Und weißt du was«, sagt sie eifrig, »er ist sehr alt, und noch dazu krank. Als ich bei ihm zu Besuch war, habe ich geglaubt, er stirbt gleich an einem Herzinfarkt, so schlimm hat er gehustet und geprustet und gekeucht. Er lebt allein, und wenn wir besonders lieb zu ihm sind, vererbt er uns vielleicht seinen ganzen Besitz, und dann kann Ejvind seine eigene Werkstatt aufmachen.« Sie blickt mit ihren klaren und starken Augen verzückt zu mir auf, und ihr irrwitziger Plan versetzt mich in gute Laune. Ich weiß genau, was Ruth von mir will, und sage: »Das möchte ich wirklich nicht, aber treffen kann ich ihn ja mal.« Ruth schlägt sich die Hand vor den Mund und lacht, während sie sich gleichzeitig mit dem Daumen die Nase abwischt. Sie sagt, er sei furchtbar unansehnlich, aber ich solle an das Geld und unsere Zukunft als Revuemädchen denken. Herr Krogh wohnt im obersten Stockwerk eines Hauses, das nicht den Eindruck macht, als wäre es für Millionäre erbaut. Als wir klingeln, ertönt auf der anderen Seite der Tür ein gewaltiger Husten. »Da hörst du's«, flüstert Ruth, »der macht es nicht mehr lange.« Nach einem langen Klimpern von Sicherheitskette und Schlüsseln geht die Tür einen Spalt weit auf, und Herr Kroghs Gesicht erscheint. Er beäugt uns eine Weile misstrauisch, ehe er die Kette löst und uns hereinlässt. »Oh«, rufe ich begeistert, »so viele Bücher!« Das Wohnzimmer ist nahezu tapeziert mit Bücherregalen und großen Gemälden, wie ich sie bisher nur in Museen gesehen habe. Herr Krogh sagt nichts, ehe wir uns gesetzt haben. Er sieht mich aufmerksam an und fragt freundlich: »Du magst Bücher?« »Ja«, antworte ich und betrachte ihn eingehender. So alt, wie Ruth gesagt hat, ist er gar nicht, aber auch nicht jung. Er hat eine Glatze und dicke, rote Wangen, als würde er sich viel an der frischen Luft aufhalten. Seine Augen sind braun und ein bisschen melancholisch, genau wie die meines Vaters. Ich mag ihn sofort und spüre, dass es auf Gegenseitigkeit beruht. Er kocht uns Kaffee, und Ruth fragt, ob er schon mit Holger Bjerre gesprochen habe. »Nein, der ist leider gerade verreist.« Wenn er Ruth anschaut, gleitet sein Blick suchend an ihrem Körper entlang, für meinen scheint er sich zum Glück nicht zu interessieren. Er bietet uns Kekse an und redet vom schönen Wetter und den jungen Mädchen dieser Stadt, die auf den Straßen erblühen würden wie Blumen, ein erquickender Anblick. Ruth langweilt sich und stößt mich unter dem Tisch mit dem Fuß an. Ich frage: »Ob ich wohl auch ein Revuemädchen werden könnte, Herr Krogh?« »Du!«, sagt er erstaunt, »nein, dafür eignest du dich doch überhaupt nicht.« »Doch«, protestiert Ruth, »mit Dauerwelle und Schminke und allem. Sie ist hübsch ohne Klamotten!« Ich werde rot und bin zum ersten Mal in meinem Leben von Ruth genervt. Herr Krogh sieht von mir zu ihr und fragt: »Wie um alles in der Welt habt ihr beide euch gefunden?« Ich frage, ob ich mir ein bisschen die Bücher ansehen darf, und als er hört, dass ich am liebsten Gedichte lese, zeigt er mir, wo sie stehen. Ich ziehe aufs Geratewohl einen Band heraus und schlage ihn auf. Hingerissen und glücklich lese ich:

… und die Krüge voll Wein,
Doch unsrer kindlichen Liebe blühendes Eden …

Baudelaire. *Die Blumen des Bösen,* lese ich auf dem Titelblatt, und ich gehe zu Herrn Krogh und frage, wie der Name ausgesprochen wird. Er verrät es mir und sagt, ich darf mir das Buch gern ausleihen, wenn ich ihm verspreche, es wieder zurückzubringen. Ich verspreche es und setze mich erneut an den Tisch. Erst jetzt fällt mir auf, dass Herr Krogh einen Morgenmantel trägt. Er erleidet einen neuen Hustenanfall, bei dem er rot anläuft und Ruth japsend bittet, ihm auf den Rücken zu klopfen. Während sie es tut, lacht sie lautlos in meine Richtung, doch ich lächle nicht zurück. Zwischen Herrn Krogh und mir herrscht ein stilles Einvernehmen, wie ich es nie zuvor mit einem anderen Menschen erlebt habe. Ich wünsche mir brennend, er wäre mein Vater oder Onkel. Ruth bemerkt meine Stimmung und zieht beleidigt die Mundwinkel herunter. »Ich muss nach Hause«, sagt sie mürrisch, »ich bin noch mit Ejvind verabredet.« Als wir aufbrechen wollen, unternimmt Herr Krogh einen Versuch, Ruth zu küssen, aber sie wendet ihr hübsches Gesicht ab, und ich habe Mitleid mit ihm. Ich hätte nichts dagegen, ihn zu küssen, aber mir reicht er nur die Hand und sagt: »Du kannst dir so viele Bücher von mir ausleihen, wie du willst, wenn ich sie nur wieder zurückbekomme.«

Zu dieser Zeit bin ich abends normalerweise längst zu Hause. Als ich heimkehre, sitzt meine Mutter mit verquollenem Gesicht und roten Augen am Tisch. Sie fragt mich, wo um alles in der Welt ich gewesen sei, und wo ich das Buch herhätte? Ich behaupte, ich sei bei Edvin gewesen, sein Husten habe sich ja tatsächlich gebessert, und das Buch hätte mir ein Pensionsgast geliehen. Nachdem ich ins Bett gegangen bin, kommt mir der schreckliche Gedanke, dass Herr Krogh ebenfalls sterben könnte, genau wie der Redakteur. Ich habe das Gefühl, dass die Welt, mit der ich so sehnlich in Verbindung treten möchte, ausschließlich aus alten und kranken Männern besteht, die jeden Moment tot umfallen können, bevor ich selbst alt genug bin, als dass man sich ernsthaft für mich interessieren würde.

VIER

Onkel Carl ist tot. Er sei friedlich eingeschlafen, sagt Tante Rosalia, mit seiner Hand in der ihren. Sie sitzt auf der Stuhlkante, wie immer mit ihrem Hut auf dem Kopf und den Nähsachen über dem Arm, obwohl sie jetzt keinen Grund mehr hat, nach Hause zurückzukehren. Ihre Augen sind geschwollen vom vielen Weinen, und meine Mutter weiß nicht recht, wie sie ihre Schwester trösten soll. Sie war immer der Meinung, es wäre am besten für Tante Rosalia, wenn Onkel Carl sterben würde, aber die scheint das anders zu sehen. Bei der Beerdigung sind alle da, selbst Onkel Peter und Tante Agnete, die zu seinen Lebzeiten nichts mit Onkel Carl zu tun haben wollte. Meine drei Cousinen kommen auch. Sie sind klein und dick und bleich wie Mehl. Meine Mutter sagt triumphierend, sie würden nie einen Mann finden, und ihre Eltern bräuchten sich gar nicht so viel einzubilden. Mein Vater und sie haben Tante Agnete und Onkel Peter schon immer schlecht gemacht, spielen aber trotzdem an mehreren Abenden in der Woche mit ihnen Karten. Das irritiert mich, wenn ich von der Arbeit zurückkomme, denn bevor sie wieder weg sind, kann ich nicht ins Bett gehen. Als der Pfarrer über Onkel Carl spricht, muss ich nicht wie an Großmamas Beerdigung lachen, sondern denke darüber nach, dass niemand außer Tante Rosalia ihn gekannt und gewusst hat, wie er wirklich war. Erst war er Husar, dann wurde er Schmied, dann trank er Bier und am

Ende Limonade. Das ist alles, was wir anderen wissen. Anschließend gehen wir zum Leichenschmaus in ein Café unweit des Friedhofs, und die Stimmung ist gedrückt, weil sich Tante Rosalia von nichts aufheitern lassen möchte. Ihre Tränen fallen in die Kaffeetasse, um sie wegzuwischen, muss sie jedes Mal den schwarzen Schleier ihres Trauerhuts anheben. »Er sah so gut aus, als er jung war«, sagt sie zu meiner Mutter, »nicht wahr, Alfrida?« »Doch«, antwortet meine Mutter, »damals sah er noch gut aus.« Dann sagt Tante Rosalia: »Ich weiß, dass ihr ihn alle nicht ausstehen konntet, weil er getrunken hat. Darunter hat er sehr gelitten. Seine eigene Familie mochte ihn auch nicht.« Es ist ein peinlicher Moment, und niemand erwidert etwas, denn sie hat ja recht. »Tja«, sagt Edvin und steht auf. »Ich muss jetzt leider los. Ich bin noch mit einem Freund verabredet.« Nachdem er gegangen ist, sehe ich mich am Tisch um und betrachte meine Familie, all diese Gesichter, die mich durch meine ganze Kindheit begleitet haben, und sie kommen mir müde und gealtert vor, als wären sie von den Jahren, die ich brauchte, um erwachsen zu werden, vollkommen aufgezehrt. Selbst meine Cousinen, die nur ein paar Jahre älter sind als ich, sehen erschöpft und verbraucht aus. Mein Vater ist still und ernst, wie immer, wenn er seinen Sonntagsanzug trägt, als wäre er mit dunklen und schwermütigen Gedanken gefüttert, die mein Vater anlegt. Er unterhält sich leise murmelnd mit Onkel Peter; selbst beim Leichenschmaus diskutieren sie über Politik, ereifern sich aber nicht ganz so sehr wie sonst. Mein Vater arbeitet immer noch im Ørstedswerk, und meine Mutter hat inzwischen ihr Radio, für das ich einmal zahlen sollte. Sie lässt es den ganzen Tag laufen und schaltet es nur aus, falls sich jemand im Wohnzimmer befindet, mit dem sie sich unterhalten möchte. Wenn mein Vater zu Hause ist, liegt er immer auf dem Diwan und schläft. Schaltet meine Mutter das Radio dann aus, erwacht er mit einem Ruck und sagt: »Bei diesem unchristlichen Lärm kann doch kein Mensch schlafen!« Darüber können wir uns sehr amüsieren. Aber ich nehme nicht mehr so stark daran Anteil, was zu Hause passiert, nicht wie früher. Mein Leben erscheint mir nur wirklich, wenn ich bei Herrn Krogh bin. Ich besuche ihn, so oft ich es wage. Ich erzähle meiner Mutter, ich würde Yrsa treffen, und meine Mutter versteht nicht, warum wir plötzlich befreundet sind, obwohl ich doch immer gesagt hatte, ich könne sie nicht ausstehen. Ich leihe mir Bücher von Herrn Krogh und liefere sie wieder ab, nachdem ich sie gelesen habe. Er empfängt mich stets in seinem seidenen Morgenmantel und mit roten Pantoffeln an den Füßen und schenkt uns Kaffee aus einer Silberkanne ein. Wenn er kein Gebäck im Haus hat, gibt er mir 50 Öre, damit ich hinuntergehe und welches hole. Wir trinken den Kaffee an einem niedrigen Tisch mit einer ziselierten Messingplatte. Herr Krogh hat lange, weiße Hände, die immer ein kleines bisschen zittern, und eine tiefe, angenehme Stimme, der ich gern lausche. Meistens ist er derjenige, der spricht, denn er mag es nicht, wenn ich neugierig bin. Als ich ihn eines Abends fragte, warum er nicht verheiratet sei, sagte er: »Man muss nicht alles über einen Menschen wissen, merk dir das. Dann wird er irgendwann uninteressant.« Ich weiß auch nicht, ob Ruth immer noch herkommt, ob sie Revuemädchen wird, und ob Herr Krogh tatsächlich Holger Bjerre kennt. Ruth glaubt es nicht. Wenn ich ihr auf der Straße oder dem Hof begegne, sagt sie: »Dieser Krogh ist durch und durch verlogen, und obendrein ein aufdringlicher alter Bock. Ist er dir noch nie zu nahe gekommen?« »Nein«, antworte ich und habe das Gefühl, sie würde über einen ganz anderen Menschen sprechen als jenen Herrn Krogh, den ich kenne. »Tja, ich traue mich jedenfalls nicht mehr allein dorthin«, sagt sie. Ein anderes Mal findet sie, er sei geizig, denn er schenkt mir nie etwas. »Warum sollte er?«, frage ich. Sie wirft mir einen völlig entnervten Blick zu. »Weil«, erklärt sie, »er alt ist, und du bist jung. Er ist völlig verrückt nach jungen Mädchen, und dafür muss er zahlen, was sonst?« Eines Abends, als Herr Krogh die Kerzen auf einem hohen silbernen Leuchter entzündet hat, der zwischen uns auf dem Tisch steht, nehme ich allen Mut zusammen und sage: »Herr Krogh, als ich ein Kind war, habe ich Gedichte geschrieben.« Er lächelt. »Ja«, sagt er, »und die würdest du mir wahrscheinlich gern zeigen?« Ich erröte, weil er meine Gedanken gelesen hat, und frage ihn, woher er das wisse. »Tja«, sagt er, »entweder das oder etwas anderes. Wir Menschen wollen immer irgendetwas voneinander, und ich habe die ganze Zeit gewusst, dass du mich für etwas benutzen würdest.« Als ich protestieren will, sagt er: »Das ist gar nicht schlimm, sondern ganz natürlich. Ich will wohl auch etwas von dir.« »Und was?«, frage ich. »Nichts Bestimmtes«, antwortet er und nimmt seine lange, dünne Pfeife aus dem Mund. »Ich sammle einfach nur Originale, Leute, die anders sind, Sonderfälle. Ich sehe mir gern deine Gedichte an. Klopf mir mal auf den Rücken.« Letzteres presst er nur noch stoßweise hervor und läuft blau an. Er hustet bei jedem Klopfen und krümmt sich so sehr zusammen, dass seine Arme auf den Boden hängen. Was mag das nur für eine Krankheit sein, unter der er leidet? Ich wage nicht zu fragen, ob sie tödlich ist, doch schon am nächsten Abend stürze ich mit meinem Poesiealbum zu ihm, nahezu überzeugt, dass er nicht mehr unter den Lebenden weilt. Doch so ist es, und sobald wir am Kaffeetisch sitzen, reiche ich ihm das Buch, voller Angst, ihn zu enttäuschen, weil er doch sonst nur die größten Dichter liest. Er legt die Pfeife beiseite und blättert im Buch, während ich gespannt sein Gesicht betrachte. »Ja«, sagt er und nickt, »Kindergedichte.« Er liest vor:

Schlafendes Mädchen – eine Hymne auf dich will ich
singen,
Nie vermochte ein Anblick mehr Glück mir zu bringen,
als du, wie du ruhtest, so reglos und fein,
und lächelnd im Traum, das weiße Leinen
verhüllte kaum deine zarte Brust,
oh, dieser Anblick war eine Lust,
doch du ahntest es nicht.

Es hat vier oder fünf Strophen, die er alle vor sich hin murmelt. Dann blickt er freundlich und ernst zu mir auf und sagt: »Das ist interessant. An wen hast du gedacht, als du dieses Gedicht geschrieben hast?« »An niemand Bestimmtes«, antwortete ich, »oder doch, Ruth vielleicht.« Er lacht aus vollem Herzen. »Das Leben ist lustig«, sagt er dann, »aber das erkennt man erst, wenn man dabei ist, es zu verlieren.« »Aber Herr Krogh«, sage ich erschrocken. »Sie sind doch noch gar nicht alt, nicht viel älter als mein Vater.« »Ach, nein«, sagt er, »aber trotzdem habe ich schon ziemlich lange gelebt.« Er klappt das Buch zu und legt es wieder auf den Tisch. »Diese Gedichte«, sagt er, »sind nicht zu gebrauchen, aber es sieht ganz so aus, als würde aus dir einmal eine Dichterin werden.« Eine Woge des Glücks durchläuft mich. Ich erzähle ihm von Redakteur

Brochmann, der gesagt hatte, ich solle in ein paar Jahren wiederkommen, und er erwidert, er habe ihn gut gekannt. Außerdem sagt er, wenn ich eines Tages etwas schreiben würde, das etwas taugt, solle ich es ihm zeigen, und dann würde er dafür sorgen, dass es gedruckt wird. Die Kerzen flackern im Kerzenständer, und der dunkelblaue Abendhimmel ist voller Sterne. Ich habe Herrn Krogh schrecklich gern, aber ich traue mich nicht, es ihm zu sagen. Wir schweigen sehr lange. Die Regale verströmen einen wohltuenden Geruch von Leder, Papier und Staub, und Herr Krogh betrachtet mich mit einem kummervollen Blick, als dürfe das, was er mir sagen wolle, niemals gesagt werden, genau wie mein Vater mich immer ansah. Dann steht er auf. »Ach ja«, sagt er, »du solltest besser gehen. Ich muss noch ein wenig arbeiten, ehe ich ins Bett gehe.« Draußen im Flur legt er die Finger unter mein Kinn und sagt: »Würdest du einem alten Mann einen Kuss auf die Wange geben?« Ich küsse ihn vorsichtig, als könnte mein Kuss seinen befürchteten Tod herbeiführen. Er hat eine weiche Altherrenwange, die mich an Großmamas erinnert.

FÜNF

Hitler ist in Deutschland an die Macht gekommen. Mein Vater sagt, das sei ein Sieg der Reaktionären, und die Deutschen hätten es nicht besser verdient, weil sie ihn selbst gewählt hätten. Herr Krogh nennt es eine Katastrophe für die ganze Welt und ist so bedrückt und schwermütig, als hätte er einen persönlichen Verlust erlitten. Die Damen in der Pension jubeln und sagen, wenn Stauning so wäre wie Hitler, hätten wir keine Arbeitslosigkeit. Stattdessen sei er schwächlich, korrupt und versoffen, und seine Regierung mache alles falsch. Anstelle ihres Mittagsschläfchens hören sie die Nachrichten im Radio, kehren mit leuchtenden Augen zurück und sagen, der Reichstagsbrand sei von den Kommunisten gelegt worden, und während des Prozesses würde das nun auch bewiesen. Mein Vater und Herr Krogh sagen, die Nazis hätten ihn selbst gelegt, und wenn ich überhaupt eine Meinung habe, dann dieselbe wie sie. Vor allem aber bin ich erschrocken, als könnten die Wellenbewegungen des großen Weltmeeres jeden Moment mein kleines zerbrechliches Schiff zum Kentern bringen. Ich lese nicht mehr gern Zeitung, kann es aber auch nicht ganz vermeiden. Mein Vater zeigt mir Anton Hansens düstere, satirische Zeichnungen im *Social-Demokraten*, die meine Angst nur noch verschlimmern. Man sieht einen alten Juden mit einem großen Schild auf dem Rücken, umgeben von lachenden SS-Männern. Auf dem Schild steht in deutscher Sprache: »Ich bin

Jude, aber ich will mich nicht über die Nazis beschweren.« Ich muss für meinen Vater übersetzen, was es bedeutet. Herr Krogh hat *Politiken* abonniert. Er zeigt mir eine Zeichnung von Van der Lubbe und den zugehörigen Text darunter:

Jetzt sag schon, du weißt doch, deinen Satz
über Torgler und den Brand.

Du weißt, was wir hören wollen, verdammt!
Sag allen, dass Dimitroff und Popoff
an der Treppe gewartet hätten,
um deine eigene Haut zu retten.

Oh weh, sagt er, jetzt kann sich die deutsche Intelligenzija auf was gefasst machen. Ich frage ihn, was die Intelligenzija ist, und er erklärt es mir. Unter anderem die Künstler. Ein Dichter ist ein Künstler, und Herr Krogh hat gesagt, aus mir würde auch eine Dichterin werden. Die Damen lesen die *Berlingske Tidende,* und darin, sagen sie, stehe die Wahrheit über Hitler, der möglicherweise ganz Europa erlösen und überall für paradiesische Zustände sorgen würde. Ich wünsche mir mehr denn je, aus der überhitzten und schmutzigen Küche und von den Menschen wegzukommen, mit denen ich dort täglich zusammen bin. Wenn ich nach Hause zurückkehre, schläft mein Vater, und ein paar Stunden später geht er zur Arbeit. Eines Abends frage ich, als er erwacht, ob ich mir nicht eine andere Stelle suchen darf. Ich sage, dass ich es hasse, abzuwaschen und zu putzen, überhaupt die ganze Hausarbeit. Ich wäre viel lieber im Büro und würde Maschinenschreiben lernen. »Jetzt noch nicht«, sagt er. »Erst musst du lernen, wie man einen Haushalt führt und wie du deinem Mann etwas zu Essen machst, wenn er von der Arbeit nach Hause kommt.« »Das kommt ganz von selbst, wenn sie es eines Tages braucht«, springt meine Mutter mir bei. Sie sagt auch: »Du redest, als würde sie morgen heiraten. Sie ist gerade mal fünfzehn.« Mein Vater presst die Lippen aufeinander und zieht die Mundwinkel herunter. »Wer bestimmt hier, du oder ich?«, fragt er. Daraufhin schweigt meine Mutter, aber sie ist ebenfalls beleidigt, und im Wohnzimmer herrscht angespannte Stimmung. Als mein Vater gegangen ist, legt sie ihr Strickzeug beiseite und lächelt. »Wir erzählen ihm einfach, dass einer der Pensionsgäste zudringlich wurde«, sagt sie. »Dann darfst du dir bestimmt eine andere Stelle suchen.« »Ja«, sage ich erleichtert und bin verblüfft, dass ich nicht selbst darauf gekommen bin. Ein paar Tage später sitzt mein Vater aufrecht auf dem Sofa, als ich nach Hause komme. »Tja«, sagt er, »Mutter hat mir erzählt, was passiert ist. Du bist jetzt in einem Alter, in dem du gut auf dich aufpassen musst. Du solltest da nicht wieder hingehen. Mutter kann deinen Lohn für dich abholen, und dann musst du dir eine neue Stelle suchen.« Anschließend bleibe ich eine Zeit lang zu Hause. Wir kaufen die *Berlingske Tidende,* und ich schreibe viele Bewerbungen für Bürostellen, ohne eine Antwort zu bekommen. Ich laufe auch in ganz Vesterbro umher und versuche es dort, wo man sich persönlich vorstellen muss. Ich spreche mit vornehmen Herren in großen, hellen Büros, die alle fragen, was mein Vater von Beruf ist. Sobald sie es hören, gehen sie davon aus, dass ich mit meinem eigenen Lohn auskommen muss, und darauf ist er nie ausgelegt. Zuletzt finde ich doch eine Stelle, weil mich der Direktor beim Einstellungsgespräch lediglich fragt, ob ich in der Gewerkschaft bin. Als er hört, dass es nicht der Fall ist, stellt er mich sofort für vierzig Kronen im Monat ein. Es ist eine Firma für Medizinzubehör in der Valdemarsgade, und ich soll als Lagergehilfin anfangen. »Eine Streikbrecherfirma«, sagt mein Vater, als er von der Sache mit der Gewerkschaft hört, aber er gibt dennoch nach, denn auch für ein Mädchen ist es nicht immer leicht, eine Stelle zu finden.

Während dieser ganzen Zeit hatte ich keine Gelegenheit, Herrn Krogh zu besuchen. Er hatte mich nie gefragt, wo ich wohnte, und war ohnehin kein neugieriger Mensch. Genauso wenig mochte er es, wenn andere es waren. Eines Abends gehe ich erneut los, um ihn zu besuchen. Es ist Winter, und ich trage Edvins umgenähten Mantel, der eher warm ist als schön. Ich freue mich darauf, meinen Freund wiederzusehen und ihm von meiner neuen Stelle zu erzählen, mit der ich bislang glücklich bin. Ich nehme die übliche Abkürzung von der Vesterbrogade durch die Passage, und als ich auf den Gammel Kongevej komme, bleibe ich wie gelähmt stehen, ohne etwas zu begreifen. Das gelbe Haus ist nicht mehr da. Wo es stand, existiert jetzt nur noch ein Platz mit Bauschutt, Kalk und rostigen, verbeulten Wasserrohren. Ich gehe dorthin und muss mich auf die Überreste einer Mauer stützen, weil ich das Gefühl habe, meine Beine würden mich nicht länger tragen. Die Menschen gehen mit abweisenden Mienen an mir vorbei, in Gedanken bei ihren abendlichen Erledigungen. Ich hätte Lust, einen von ihnen am Arm zu packen und zu sagen: Hier stand doch gestern noch ein Haus, können Sie mir sagen, wohin es verschwunden ist? Und wohin Herr Krogh verschwunden ist? Er muss ja jetzt an einem anderen Ort wohnen, aber wie findet man einen verschwundenen Menschen? Ich verstehe nicht, wie er mir das antun konnte. Aber vielleicht kannte er viele junge Mädchen, und ich war nur eines davon. Er hatte gesagt, er würde Originale sammeln, vielleicht war ich nicht originell genug? Während ich langsam nach Hause gehe, denke ich, noch halb betäubt von diesem Unglück: Das wäre nicht passiert, wenn ich gute Gedichte geschrieben hätte. Es wäre, glaube ich, auch nicht passiert, wenn er meinen Körper so begehrt hätte, wie er offensichtlich Ruths Körper begehrte, doch bisher hat noch niemand ein derartiges Interesse an mir gezeigt, so dass die Warnung meines Vaters vollkommen überflüssig ist. Zu Hause im Hof steht Ruth mit ihrem Mechanikerlehrling vor dem Eingang zum Vorderhaus. Ich bleibe stehen und knöpfe meinen Mantel bis zum Hals, denn der Wind ist eisig, was mir jetzt erst auffällt. »Herrn Kroghs Haus wurde abgerissen«, sage ich. »Weißt du, wo er jetzt wohnt?« »Nee«, antwortet sie über die Schulter des jungen Mannes hinweg, »und es ist mir auch vollkommen schnuppe.« Sie verschwinden erneut in ihrer Umarmung, und ich gehe hinein und über den Hof. Während ich die Treppen zum Hinterhaus hinaufgehe, packt mich die Furcht, dass ich niemals von diesem Ort wegkomme, wo ich geboren bin. Plötzlich kann ich ihn nicht mehr ausstehen und finde jede Erinnerung daran finster und traurig. Solange ich hier wohne, bin ich zu Einsamkeit und Anonymität verdammt. Für die Welt bin ich nicht von Bedeutung, und immer, wenn ich einen Zipfel von ihr erhasche, entgleitet sie mir wieder. Menschen sterben, ihre Häuser werden abgerissen. Die Welt verändert sich unaufhaltsam, und nur die Welt meiner Kindheit bleibt bestehen. Oben im Wohnzimmer sieht es aus wie immer. Mein Vater schläft, und meine Mutter sitzt am Tisch und strickt. Ihr graues Haar ist verschwunden, weil sie es in aller Heimlichkeit färben lässt, wo auch immer sie das Geld dafür hernimmt. Ab und zu sagt mein Vater: »Es ist so merkwürdig, dass dein Haar derart schwarz bleibt. Meins ist schon ganz grau.« Er ist völlig arglos und glaubt alles, was wir sagen, weil er selbst nie lügt. »Wo bist du gewesen?«, fragt meine Mutter und betrachtet mich misstrauisch. »Bei Yrsa«, antworte ich, und es ist mir egal, ob sie es glaubt. Sie sagt: »Hier ist es so kalt, leg doch ein bisschen Holz nach.« Dann setzt sie Kaffeewasser auf, und ich beschließe, dass ich genau wie Edvin von zu Hause ausziehen werde, sobald ich achtzehn bin. Vorher darf ich es nicht. Wenn ich an einem anderen Ort wohne – ganz außerhalb von Vesterbro – werde ich leichter mit Leuten wie Herrn Krogh in Kontakt kommen. Während wir Kaffee trinken, blättere ich ein wenig in der Zeitung. Dort steht, Van der Lubbe sei hingerichtet worden und Dimitroff habe Göring während des Prozesses zum Gespött gemacht. Ich blättere zu den Todesanzeigen weiter, finde Herrn Kroghs Namen jedoch nicht unter den Verstorbenen. Plötzlich fühlt es sich so an, als ob er das Interesse an mir verloren hat, seit Hitler an der Macht ist, und wieder wird mein kleines Schiff von der geheimnisvollen Angst erschüttert, zu kentern.

SECHS

Ich trete um sieben Uhr morgens den Dienst an und muss gemeinsam mit Herrn Jensen dafür sorgen, dass die Räume sauber und ordentlich sind, bevor das Büropersonal und der Direktor kommen. Herr Jensen ist sechzehn Jahre alt und lang und dünn und albern. Er bläst Präservative auf und lässt sie um meinen Kopf herumsausen, während ich den Boden wische, und er versucht, mich zu küssen, so dass ich mich lachend mit dem Putzlappen in der Hand wehren muss. Er ist nur ein Junge, weshalb mich seine Derbheit nicht weiter kränkt. Im Büro des Direktors setzt er sich mit einer Zigarette zwischen den Lippen hinter den Schreibtisch und legt die Beine hoch. »Sehe ich ihm nicht ähnlich?«, fragt er und wickelt seine langen Fransen um die Finger. Er sagt, ich wäre prüde, weil ich noch Jungfrau sei und ihn nicht küssen will. »Wenn Sie in mich verliebt wären«, sage ich, »würde ich es tun.« Das sei er, behauptet er, aber ich glaube ihm nicht. Eines Morgens, als ich drinnen beim Direktor den Boden wische, kommt dieser plötzlich zur Tür herein, und als ich hektisch den Schrubber und den Eimer ergreife, umfasst er mich von hinten und betastet mit den Händen meine Brüste. Er macht es ungefähr so, wie meine Mutter beim Metzger das Fleisch untersucht, und ich werde rot vor Scham und Kränkung und flüchte mit dem Eimer und dem Schrubber, ohne ein Wort zu sagen. Ich erzähle Herrn Jensen davon, der sagt, ich hätte ihm auf die Finger hauen müssen, denn er wolle immer mit den weiblichen Angestellten ins Bett, und das dürfe ich mir nicht gefallen lassen. Er ist verheiratet und hat viele Kinder, weil er katholisch ist. Im Nachhinein finde ich es gar nicht so schlimm. Er war der erste Mann, der Interesse für meinen Körper gezeigt hat, und mittlerweile habe ich die Vorstellung, das wäre unerlässlich, um in der Welt voranzukommen. Wenn die beiden Sekretärinnen und der Lagerverwalter gekommen sind, müssen die Bestellungen abgefertigt werden. Meine Aufgabe ist es, die Waren an dem langen Ladentisch im Lager einzupacken. Thermometer, Verbandwatte, Mutterspritzen, Wärmflaschen, Präservative und Suspensorien. Herr Jensen hat mir eingehend erklärt, wofür man das alles braucht, und mir erscheint das Sexualleben außerordentlich kompliziert und wenig verlockend. Einiges benutzt man vorher, anderes hinterher, und während ich Herrn Jensens Ausführungen lausche – die allerdings auch nichts vereinfachen –, fühle ich mich ziemlich unzulänglich. Der Lagerverwalter heißt Herr Ottosen, und die beiden hübschen Sekretärinnen sind offensichtlich verliebt in ihn. Wenn sie mit ihren Papieren am Ladentisch stehen und ihm etwas erklären, schiebt er seinen Arm um ihre Taille, und sie lehnen sich mit versonnenem Blick an ihn. Es sind zwei hübsche und schicke junge Mädchen mit kleinen Locken auf dem ganzen Kopf, hohen Absätzen und breiten Lackgürteln. Wenn ich irgendwann einmal in einem Büro arbeite, werde ich versuchen, genauso auszusehen. Ich werde versuchen, ebensolchen Wert darauf zu legen, welche Kleider ich trage und wie mein Haar sitzt. Doch ich schiebe diese Bemühungen hinaus, weil sie mich langweilen, und trage den braunen Kittel, den die Firma mir bereitgestellt hat. Vor meinen Bewerbungsgesprächen hatte ich meine Wangen mit dem Seidenpapier meiner Mutter eingerieben, und das ist alles, was ich je für mein Aussehen getan habe. Mein Haar ist lang, hell und glatt, und ich wasche es mit brauner Seife, wenn ich denke, es könnte eine Reinigung vertragen. Herr Krogh hatte einmal gesagt, ich hätte schöne Haare, vielleicht fand er nichts anderes Lobenswertes an mir. Ich stehe auch oft neben Herrn Ottosen und habe ebenfalls versucht, mich ein kleines bisschen an ihn zu lehnen, aber er schien meine zaghafte Annäherung gar nicht erst zu bemerken. Darüber denke ich häufig nach und komme zu dem Ergebnis, dass die meisten Frauen eine unwiderstehliche Anziehungskraft auf Männer ausüben, nur ich nicht. Das ist so traurig wie merkwürdig, beschützt mich aber immerhin davor, zu früh Kinder zu bekommen wie die meisten Mädchen in unserer Straße. Eines Tages fragt Herr Jensen, ob ich abends mit ihm ins Kino gehen will. Ich sage ja, denn schon seit ich klein bin, wünsche ich mir, einmal einen Film zu sehen, und meine Eltern haben es mir nie erlaubt. Ausnahmsweise erzähle ich zu Hause die Wahrheit, und meine Mutter scheint hellauf begeistert. Sie möchte unbedingt alles über Herrn Jensen erfahren und verheiratet mich in Gedanken schon mit ihm. Allerdings weiß ich weder, wer sein Vater ist, noch welche Zukunftspläne er hat, weshalb ich ihre Neugier nicht stillen kann. Meinen Vater freut es, dass er Mitglied in der Sozialdemokratischen Jugend ist, in die Edvin zu seinem großen Kummer nicht eintreten möchte. »Zweifelsohne,« sagt er und zwirbelt seine Schnurrbartspitzen, »ein sehr vernünftiger junger Mann.« Dann sitze ich also zum ersten Mal im Leben im Kino neben einem herausgeputzten Herrn Jensen im Konfirmationsanzug, dessen Ärmel oberhalb seiner nicht ganz so sauberen Handgelenke enden. Unsere Mäntel haben wir über die Sitzlehnen gehängt. Erst spielt jemand Klavier. Danach geht das Licht aus, und strahlende Reklamefilme flimmern über die Leinwand. Als sie vorbei sind und das Licht wieder angeht, will ich aufstehen, weil ich denke, das wäre schon alles gewesen, aber Herr Jensen zieht mich wieder auf meinen Platz. »Jetzt geht es erst richtig los«, erklärt er geduldig. Der Film heißt *Jackie, der Schiffsjunge,* mit dem hübschen und anrührenden Jackie Coogan in der titelgebenden Rolle. Ich bin vollkommen hingerissen und vergesse, wo ich bin, und mit wem. Ich weine hemmungslos und greife mechanisch nach dem Taschentuch, das Herr Jensen mir reicht. Als er seine Hand auf mein Knie legt, schiebe ich sie beiseite wie einen leblosen Gegenstand. Gemeinsam mit dem Kapitän geht der Schiffsjunge unter, nachdem er sein Leben für eine schöne, bitterlich weinende Dame und ihre kleine Tochter geopfert hat. Ich schluchze lauthals und kann auch nicht aufhören, als das Licht wieder eingeschaltet wird. »Pssssst!«, sagt Herr Jensen beschämt und greift meinen Arm, als wir hinausgehen. »Warum weinen Sie denn nicht?«, frage ich. »Fanden Sie den Film etwa nicht traurig?« »Doch«, antwortet Herr Jensen, »aber im Kino so loszuheulen!« Wir spazieren den Sønder Boulevard entlang, Herr Jensen verschränkt seine Finger in meinen. Ich betrachte ihn von der Seite und bemerke, dass er lange Wimpern hat. Vielleicht ist er wirklich in mich verliebt. Der Schnee knirscht unter unseren Sohlen, der Himmel ist sternenklar. Sein Arm zittert leicht, das kann aber auch an der Kälte liegen. Zu Hause im dunklen Hauseingang schließt er mich in die Arme und küsst mich. Ich leiste keinen Widerstand, fühle jedoch auch nichts dabei. Seine Lippen sind kalt und hart wie Leder. »Wollen wir uns nicht duzen?«, fragt er mit heiserer Stimme. »Doch«, antworte ich. »Wie heißt du?« Er heißt Erling, und wir beschließen, uns in der Firma weiterhin zu siezen und mit Nachnamen anzusprechen.

Wenn es nachmittags nichts mehr im Lager zu tun gibt, werde ich auf den Dachboden geschickt, um Blechdosen zu sortieren. Diese Arbeit kann ich nicht ausstehen, denn ich bin vollkommen allein in dem dunklen und staubigen Raum. Ich liege auf dem Boden und ordne die Dosen alphabetisch in langen Reihen nach ihrer Aufschrift: Lanolin, Zinksalbe usw. Ich versinke in eine süße Melancholie, und Wogen von Wörtern durchströmen mich. Ich notiere sie auf braunem Packpapier und stelle betrübt fest, dass die Gedichte noch nicht gut genug sind. »Kindergedichte«, hatte Herr Krogh gesagt. Er sagte auch: »Um ein gutes Gedicht zu schreiben, muss man schrecklich viel erlebt haben.« Das trifft durchaus auf mich zu, finde ich, aber vielleicht muss ich noch mehr erleben. Doch eines Tages schreibe ich etwas, das anders ist als alles, was ich je zuvor geschrieben habe, ohne sagen zu können, worin es sich unterscheidet. Ich schreibe folgendes:

Es gibt eine Kerze in der Nacht,
die brennt allein für mich,
und puste ich hinein,
dann flammt sie auf,
flammt auf allein für mich.
Doch atmest du sacht
und atmest du still,
strahlt die Kerze heller denn je,
und brennt tief in meiner eigenen Brust,
brennt allein für dich.

Ich finde, es ist ein richtiges Gedicht, und die Wunde, die Herr Kroghs Verschwinden hinterlassen hat, reißt wieder auf und blutet, denn ich hätte es ihm so gern gezeigt. Ich hätte ihm so gern erzählt, dass ich jetzt verstehe, was er meinte. Doch für mich ist er genauso tot wie der alte Redakteur, und ich finde keinen neuen Zugang zu jener Welt, die von Gedichten bewegt wird, und – so hoffe ich –, auch von dem, der sie schreibt. »Du warst aber lange weg«, sagt Erling, als ich wieder herunterkomme. Er benimmt sich die ganze Zeit so, als wären wir verlobt. Er verpackt einen Irrigator, den man hinterher benutzt, wie er mir erklärt hat, und während er die roten Schläuche unter dem Ungeheuer verstaut, fragt er mich: »Wollen wir am Samstag zusammen im Hotel schlafen? Ich habe dafür gespart.« »Nein«, antworte ich, denn jetzt, da ich richtige Gedichte schreiben kann, ist es auch nicht schlimm, dass ich noch Jungfrau bin. Ganz im Gegenteil könnte es mir sogar nützlich sein, wenn ich den richtigen Mann treffe. »Du liebe Güte«, sagt Erling irritiert, »willst du dich etwa für den Leichenbeschauer aufheben?« »Ja«, antworte ich und kann gar nicht mehr aufhören zu lachen. Ich weiß nicht einmal selbst, wie meine Jungfräulichkeit und die Gedichte zusammenhängen, wie soll ich diese seltsame Verbindung dann Erling erklären?

SIEBEN

Jeden Samstag gehen Erling und ich abends ins Kino. Er lehnt an der Mauer des Vorderhauses und wartet auf mich, die Hände in den Taschen des abgelegten Mantels seines Vaters vergraben, den er geerbt hat, so, wie ich den meines Bruders. Wenn ich ihn zu lange warten lasse, kaut er auf Streichhölzern und wickelt sein Haar um die Finger. Während wir durch den Hauseingang hinaustreten, öffnet meine Mutter das Fenster und ruft: »Auf Wiedersehen, Tove.« Das heißt, dass sie unsere Verbindung billigt, was Erling auch so versteht. Er fragt, ob er meine Eltern nicht bald einmal kennenlernen dürfe. »Nein«, antworte ich, »noch nicht.« Meine Mutter fragt, ob Erling einen Klumpfuß oder eine Hasenscharte habe, weil sie und mein Vater ihn nicht sehen dürften. Ich möchte auch Erlings Eltern nicht besuchen, weil sie sonst glauben würden, wir wären verlobt. Für mich wäre es einfacher und lustiger, eine Freundin zu haben, aber die gibt es nicht mehr, und Erling erscheint mir besser als nichts. Ich habe ihn gern, weil er auch ein bisschen eigenartig ist und mir in vielem ähnlich. Sein Vater ist Arbeiter und oft arbeitslos. Er hat eine erwachsene, verheiratete Schwester. Selbst wäre er gern Lehrer, darf aber erst studieren, wenn er achtzehn Jahre ist. Darauf spart er. Er sagt, es sei eine Schweinerei, dass unsere Firma nur nicht-organisierte Arbeitskräfte einstelle, aber wenn er in die Gewerkschaft eintrete, werde er sofort gefeuert. Er verdient 25 Kronen in der Woche. Ich zahle selbst, wenn wir ins Kino gehen, weil er es sich kaum leisten kann, mich einzuladen, aber auch, weil ich mich dadurch freier fühle. Die Abende laufen immer nach dem gleichen Schema ab. Wenn der Film vorbei ist, begleitet er mich nach Hause, und im dunklen Hauseingang umarmt und küsst er mich. Währenddessen beobachte ich ihn mit einer gewissen kühlen Neugier, um zu sehen, wie viel Leidenschaft ich in ihm wecken kann. Wäre ich in ihn verliebt, könnte auch ich leidenschaftlich sein, aber ich bin es nun einmal nicht, und er weiß es genau. An einem bestimmten Punkt löse ich seine kalten Hände von meinem Nacken und sage: »Nein, das darfst du nicht.« »Doch, bitte«, flüstert er atemlos, »es tut auch gar nicht weh.« »Nein«, sage ich, »ich habe aber keine Lust.« Dann bekomme ich Mitleid und küsse seine ledrigen Lippen, ehe ich gehe. Er fragt mich, wann ich es will, und um ihm irgendetwas zu sagen, verspreche ich ihm, sobald ich achtzehn bin, weil das noch ewig dauert. Ich bemitleide auch mich selbst ein wenig, weil seine Umarmungen rein gar nichts in mir auslösen. Ob ich auch auf diesem Gebiet unnormal bin? Schrecklich schön, hatte Ruth gesagt, und da war sie erst dreizehn. Die anderen Mädchen aus der Mülltonnenecke behaupten dasselbe, aber vielleicht lügen sie auch. Vielleicht sagen sie es nur so. »Wann bekommen wir deinen Freund denn mal zu Gesicht?«, fragt meine Mutter, als ich oben im Wohnzimmer bin. »Als ich deinen Vater kennenlernte, habe ich ihn sofort nach Hause eingeladen.« Sie sagt auch, dass Jungen nur auf das eine aus seien, und wenn ich ihm seinen Willen ließe, würde er anschließend nichts mehr mit mir zu tun haben wollen. »Und du bringst uns kein Kind ins Haus!«, mahnt sie. Eines Abends sage ich, sie sei nicht annähernd so versessen darauf, dass Edvin ihnen seine Freundin vorstelle, und sie erwidert scharf, bei Jungen wäre das etwas ganz anderes. Da habe es keine Eile, und ein Mann könne auch später im Leben heiraten, wohingegen ein Mädchen versorgt werden müsse, nur darum gehe es ihr. Mein Vater sagt, sie solle mich nicht so drängen. Er sagt, es sei klug von Erling, Lehrer werden zu wollen, denn die würden gut verdienen und nie arbeitslos werden. »Diese Stehkragenproletarier,« schimpft mein Bruder, der zum Glück wieder eine Arbeit gefunden hat, »das sind die schlimmsten.« Mein Bruder ist beleidigt, dass ich einen Freund habe, weil er mich immer damit aufgezogen hat, dass ich nie heiraten würde. In den Nachrichten wird über die Hochzeit von Kronprinz Frederik berichtet, die meine Mutter außerordentlich stark interessiert. »Mach diese monarchistische Beweihräucherung aus«, sagt mein Vater von seinem fernen Sofa, »jetzt müssen wir einen mehr durchfüttern, das ist alles.« In der Firma sind die Sekretärinnen ganz hingerissen von der bezaubernden Kronprinzessin Ingrid. Sie veranstalten eine ihrer üblichen Sammlungen und trippeln mit einer langen Liste durch das Lager, um zu vermerken, was jeder einzelne zu einem Strauß für das Königshaus beisteuert. Ich gebe eine Krone, dabei habe ich schon vor ein paar Tagen eine Krone für die Konfirmation der Tochter unseres Direktors gespendet. Er hat so viele Kinder, dass unablässig für irgendwelche Taufen oder Geburtstage gesammelt wird. »Ehe man sichs versieht, ist der ganze Lohn für diesen Firlefanz draufgegangen«, kommentiert Erling. Er ist Sozialdemokrat wie mein Vater und mein Bruder und träumt von einer Revolution, bei der die Massen mobilisiert werden. Ich höre ihm gern dabei zu, wie er diesen Plan entwickelt, denn es wäre auch meinen persönlichen Plänen dienlich, wenn die Armen an die Macht kämen. Erling möchte die Sozialdemokratie verändern und noch röter machen. »Eigentlich«, sagt er, »bin ich Syndikalist.« Ich frage ihn nicht, was das ist, denn dann würde er mir nur wieder einen langen und unbegreiflichen Vortrag über Politik halten. Einmal nimmt er mich mit zu einem Treffen auf dem Blågårds Plads, doch dort entsteht ein heftiger Tumult, und die Polizisten ziehen ihre Knüppel und trennen die streitenden Lager voneinander. »Nieder mit der Polente!«, ruft Erling, der seine Uniform von der Sozialdemokratischen Jugend trägt, und im nächsten Moment bekommt er einen Schlag auf den Kopf und stößt einen heulenden Schrei aus. Ich umklammere erschrocken seinen Arm, woraufhin wir die Straße entlangrennen, die unter den Schritten der vielen anderen Flüchtenden bebt. Das ist nichts für mich, und ich komme nie wieder mit. Außer uns gibt es in der Firma noch zwei Arbeiter und einen Fahrer. Wir machen gemeinsam Mittagspause in einem kleinen Raum hinter dem Lager. Es gibt keine Heizung, und auch das, sagt Erling, sei eine Schweinerei. Meistens sitzen wir in unseren Mänteln dort.

Wir sitzen auf umgedrehten Bierkästen, und ich verstehe mich gut mit diesem Grüppchen Menschen. Ihnen gegenüber bin ich nicht verunsichert, selbst dann nicht, wenn sie mich beispielsweise fragen, ob ich denn wirklich wüsste, wozu man ein Suspensorium oder eine Mutterspritze benutzt. Ich sage ihnen, dass sie in die Gewerkschaft eintreten sollten, und eines Tages, als ich in einer aufgekratzten Stimmung bin, steige ich auf einen Bierkasten und imitiere Stauning: »Genossen!« Ich streiche mir über meinen unsichtbaren Bart und spreche mit tiefer Stimme, und mein Publikum ist überaus dankbar. Sie lachen und klatschen, und ich denke nicht weiter darüber nach.

Einige Zeit darauf kommt Herr Ottosen zu mir und sagt, der Direktor wolle mich sprechen. Seit dem Tag, an dem er meine Brust angrabschte, war ich nicht mehr mit ihm allein, und ich habe Angst, dass er etwas Ähnliches im Schilde führt. »Nehmen Sie Platz«, sagt er barsch und deutet auf einen Stuhl. Ich setze mich vorn an die Kante und sehe zu meinem Schrecken, dass sein Gesicht dunkel angelaufen ist vor Zorn. »Wir können Sie hier nicht gebrauchen«, sagt er hitzig, »ich dulde keine Bolschewisten in meiner Firma.« »Nein«, sage ich, obwohl ich keine Ahnung habe, was Bolschewisten sind. Er haut so heftig mit der Faust auf den Tisch, dass ich zusammenschrecke. Dann steht er auf, geht zu meinem Stuhl und streckt sein rotes Gesicht ganz nah zu meinem herab. Ich wende den Kopf ein wenig ab, weil er Mundgeruch hat. »Sie haben meine Leute dazu aufgefordert, in die Gewerkschaft einzutreten«, brüllt er. »Ist Ihnen überhaupt klar, was dann passiert?« »Nein«, flüstere ich, obwohl ich es im Grunde genau weiß. »Ich würde sie feuern«, schreit er und schlägt erneut auf den Schreibtisch, »genauso, wie ich Sie jetzt feure – ohne Empfehlung! Sie können sich Ihren Lohn im Vorzimmer abholen.« Er richtet sich wieder auf und geht zu seinem Platz zurück. Ich habe das Gefühl, dass ich in Tränen ausbrechen sollte, aber stattdessen werde ich von einer dunklen Freude erfüllt, die ich nicht benennen kann. Dieser Mann hält mich für gefährlich, für einflussreich auf einem Gebiet, auf dem ich mich nicht einmal auskenne. »Das ist nicht lustig!«, ruft er, also muss ich gelächelt haben. »Raus!« Er deutet auf die Tür, und ich eile hinaus. »Ich will Sie nie wiedersehen!«, schreit er mir nach und knallt die Tür zu. Draußen im Lager stehen Herr Ottosen und Erling wie vom Donner gerührt. Sie fragen, was um alles in der Welt los ist, und ich erzähle es ihnen stolz. Herr Ottosen zuckt mit den Schultern. »Sie sind jung«, sagt er, »und schlecht bezahlt, Sie finden garantiert etwas anderes. Und außerdem müssen Sie nur für sich aufkommen. Ich habe eine Frau und vier Kinder, deshalb sage ich lieber nichts.« Erling sagt, ich hätte meine Meinung lieber für mich behalten sollen, und ich werde rasend vor Wut. »In Dänemark wird es nie eine Revolution geben«, sage ich aufgebracht, »solange Leute wie du nicht den Mund aufmachen.« Anschließend stapfe ich beleidigt zu den Bürodamen und bitte um meinen Lohn, der schon bereitliegt. Auf den Straßen liegt hoher Schnee, als ich nach Hause gehe, ein eiskalter Wind pfeift durch meine Jacke. Ich habe für meine Ideale gelitten und freue mich darauf, es meinem Vater zu erzählen. Ich fühle mich wie eine Jeanne d'Arc, eine Charlotte Corday, eine junge Frau, deren Name in die Geschichte eingehen wird. Und die Sache mit den Gedichten schreitet ohnehin viel zu langsam voran. Mit erhobenem Haupt und geradem Rücken steige ich die Treppe hinauf und trete voll schmerzlicher Würde in das Wohnzimmer, wo mein Vater mit dem Rücken zur Welt auf dem Sofa schläft. Meine Mutter fragt, warum ich schon da sei, und als ich es ihr erzähle, schimpft sie, ich solle mich nicht in Dinge einmischen, die mich nichts angingen. Empört sagt sie, es sei eine gute Stelle gewesen, und kein Mann wolle ein Mädchen heiraten, das ständig den Arbeitsplatz wechsle. Diesmal hält sie nicht zu mir, und ich räuspere mich laut und veranstalte ein bisschen Lärm am Tisch, damit mein Vater aufwacht. Das tut er auch, und als er sich aufsetzt und die Augen reibt, sagt meine Mutter: »Tove ist gefeuert worden. Das ist dein ganzes Geschwätz von den Gewerkschaften, das sich in ihrem Kopf festgesetzt hat.« Als mein Vater die genauen Umstände erfährt, zieht er eine wütende Miene. »Was bildest du dir eigentlich ein«, brüllt er und schlägt so heftig mit der Faust auf den Tisch, dass der Kronleuchter schaukelt. »Da hast du endlich eine ordentliche Arbeit gefunden, und dann wirst du wegen so einem Quatsch entlassen. Du hast keine Ahnung von Politik. Die Zeiten sind schlecht, und es gibt so viele Streikbrecher, dass man die Schweine damit füttern könnte. Bei deiner nächsten Stelle hast du zu bleiben, sonst wirst du noch wie deine Mutter.« Sie sehen sich wütend an, so, wie sie es schon immer getan haben, wenn es Ärger mit Edvin oder mir gab. Ich schweige und weiß nicht, was ich eigentlich erwartet hatte. Innerhalb weniger Minuten habe ich das Interesse an Politik, roten Fahnen und Revolutionen verloren. Erling und ich gehen noch an einigen Samstagen danach ins Kino, dann lehnt er eines Tages nicht mehr an der Mauer und wartet auf mich. Ich vermisse ihn ein bisschen, weil er mich weniger einsam machte, und ganz besonders vermisse ich den Dachboden mit den Blechdosen, wo ich mein erstes Gedicht schrieb. »Was ist denn aus deinem jungen Mann geworden?«, fragt meine Mutter, die davon träumte, die Schwiegermutter eines Lehrers zu werden. »Er hat eine andere«, antworte ich. Meine Mutter braucht für alles handfeste Gründe. Sie sagt: »Du könntest aber auch ein bisschen mehr aus dir machen. Du solltest dir anstelle des Fahrrads lieber ein Frühlingskostüm kaufen. Wenn man nicht von Natur aus hübsch ist«, fügt sie hinzu, »muss man ein bisschen nachhelfen.« Meine Mutter sagt so etwas nicht, um mich zu kränken. Sie weiß einfach nicht, was in anderen Menschen vor sich geht.

ACHT

»Können Sie die Ähnlichkeit sehen?« Fräulein Løngren starrt mich mit ihren Glubschaugen an, aber ich kann wirklich nicht erkennen, wem sie ähneln sollte. Sie lächelt und zieht die Augenbrauen nach oben und lässt sie wieder sinken. Vielleicht erinnert sie ein bisschen an Charlie Chaplin, aber das traue ich mich nicht zu sagen, denn sie ist schnell beleidigt. Jetzt runzelt sie bereits ungeduldig die Stirn. »Gehen Sie denn nie ins Kino?«, fragt sie. »Doch«, antworte ich und denke angestrengt nach. »Dann im Profil«, sagt sie und dreht den Kopf zur Seite. »Jetzt müssen Sie es aber sehen. Das finden nämlich alle.« Auch ihr Profil verrät mir nicht mehr, als dass sie eine krumme Nase und ein fliehendes Kinn hat. Inmitten meiner Anstrengungen klingelt das Telefon. Sie nimmt den Hörer ab und sagt: »I. P. Jensen«. Sie meldet sich stets in einem so lauten, drohenden Tonfall, dass ich nicht verstehe, wie es die Person am anderen Ende der Leitung überhaupt noch wagen kann, ihr Anliegen vorzubringen. Es ist eine Bestellung, und sie schreibt mit, während sie sich den Hörer mit der linken Hand ans rechte Ohr hält. Nachdem sie aufgelegt hat, sagt sie: »Greta Garbo, jetzt können Sie es doch auch sehen, oder?« »Ja, doch«, antworte ich und wünschte, es gäbe jemanden, mit dem ich lachen könnte. Doch den gibt es leider nicht. Ich bin auf eine seltsame Weise vollkommen allein. Ich arbeite jetzt im Büro einer Druckerei. Im innersten Zimmer residiert der Besitzer, der Meister genannt wird. Seine Tür ist immer geschlossen. Im Vorzimmer stehen zwei Schreibtische. An dem einen sitzt der eine Sohn des Meisters, Carl Jensen, mit dem Rücken zu Fräulein Løngrens Stuhl. Sie sitzt mir gegenüber am Telefon und am Klappenschrank, und am Ende unseres Schreibtischs befindet sich ein kleiner Tisch mit einer Schreibmaschine, auf der ich tippen lernen soll. Davon abgesehen habe ich den lieben langen Tag nichts zu tun, und niemand scheint so richtig zu wissen, weshalb ich eingestellt wurde. Über den Büros liegt eine Wohnung, in der Svend Åge lebt, der andere Sohn, der Lithograph ist und drüben in der Druckerei arbeitet. Carl Jensen ist dünn und bewegt sich hektisch wie ein Eichhörnchen. Er hat braune, eng stehende Augen und schielt ein bisschen, was ihm einen verschlagenen Ausdruck verleiht. Er spricht nie mit mir, wenn er und Fräulein Løngren gleichzeitig da sind, behandeln sie mich wie Luft. Sie schäkern viel miteinander, und manchmal schnellt Carl Jensen auf seinem Stuhl herum, auf dem er sich einmal ganz im Kreis drehen kann, und versucht, Fräulein Løngren zu küssen. Dann schlägt sie scherzhaft nach ihm und lacht schrill und geschmeichelt, und ich finde die beiden unglaublich lächerlich, weil sie schon so alt sind. Wenn der Meister durch das Büro geht, beugen sie sich tief über ihre Arbeit, und ich kritzle hastig ein paar Zahlen oder Wörter nieder, die ich anschließend langsam und sorgfältig wieder ausradiere. Carl Jensen ist nicht häufig da, weshalb ich Fräulein Løngrens lauernden Blick ständig auf mir spüre. Sie kommentiert jede meiner Bewegungen. »Warum schauen Sie immerzu auf die Uhr?«, fragt sie, »davon vergeht die Zeit auch nicht schneller.« Sie sagt: »Haben Sie denn kein Taschentuch? Dieses Geschniefe geht mir auf die Nerven.« Oder: »Warum muss ich eigentlich die ganze Zeit aufstehen und die Tür schließen? Sie sind doch auch noch jung.« Das Wort »auch« verblüfft mich. Eines Tages fragt sie mich, wie alt ich sie schätzen würde. »Vierzig«, sage ich vorsichtig, weil ich überzeugt bin, sie wäre mindestens fünfzig. »Ich bin fünfunddreißig«, sagt sie beleidigt, »und die Leute sagen sogar, ich würde jünger aussehen.« Wenn ich mich bemühe, vollkommen still zu sein und meinen Blick auf einen ruhigen Punkt zu richten, sagt sie: »Sind Sie eingeschlafen? Ein bisschen was müssen Sie für Ihre fünfzig Kronen im Monat schon tun.« Ich gähne versehentlich, und sie fragt mit ihrer Männerstimme, ob ich denn nachts nicht schlafen würde. Den ganzen Tag muss ich mir diese Bemerkungen anhören, und wenn ich abends nach Hause komme, bin ich genauso müde wie vorher, als ich in der Pension gearbeitet habe. Aber ich wollte ja unbedingt in ein Büro, also muss ich jetzt hier bleiben, bis ich achtzehn bin, so erschreckend der Gedanke auch sein mag. Ich überführe Arbeitsaufträge in ein Buch, womit ich nach einer Stunde fertig bin. Fräulein Løngren sieht es nicht gern, wenn ich an der Schreibmaschine übe, weil es so lärmt. Eines Tages fragt der Meister vorsichtig, ob ich nicht den Klappenschrank bedienen könne, doch sie erwidert wütend, sie wolle nicht mit dem Rücken zu den Kunden sitzen. Hinter meinem Rücken befindet sich ein Tresen, an dem die Kunden, die in den Laden kommen, bedient werden. Der Meister scheint genauso große Angst vor Fräulein Løngren zu haben wie ich. Er ist ein kleiner, schwerer Mann mit einer blauen, großporigen Nase, über die Fräulein Løngren sagt, er habe sie sich hart erarbeitet. Wenn sie ihn erreichen muss, ruft sie immer in der Gaststätte Grøften im Tivoli an, seinem festen Aufenthaltsort, wenn er nicht in der Druckerei ist. Hin und wieder bestellt er mich zu sich herein und reicht mir ein paar Blätter, die ich für ihn ins Reine schreiben soll. Es sind Briefe, die allesamt mit den Worten »Lieber Bruder« beginnen und »mit einem brüderlichen Gruß« enden. Manchmal handeln sie von einem bereits verstorbenen Bruder, und während ich all die wunderbaren Eigenschaften abtippe, die der Verblichene vor allem gegenüber den anderen Brüdern an den Tag legte, werde ich ganz wehmütig und denke, in dieser Familie herrscht ein seltener und schöner Zusammenhalt. Als ich mir eines Tages anmaße, Fräulein Løngren zu fragen, wie viele Brüder der Meister eigentlich hat, bricht sie in lautes Gelächter aus und sagt: »Das sind doch alles Logenbrüder! Er ist Mitglied im St. Georgs-Orden.« Anschließend erzählt sie dem Sohn davon, und er dreht sich auf seinem Stuhl einmal ganz im Kreis, als wolle er nachschauen, wie jemand so Dummes aussieht. Jeden Freitag gehe ich drüben in der Druckerei umher und verteile die Lohntüten. Das ist eine echte Herausforderung, weil die Arbeiter immer irgendwelche schlagfertigen oder frechen Bemerkungen machen, auf die ich aus dem Stegreif nichts zu erwidern weiß. Schließlich gehöre ich nicht zu ihresgleichen, so, wie in der Medizinzubehörfirma. Dieser Platz sei der beste, den ich je gehabt hätte, sagt mein Vater, und es gebe keinen Grund, nicht dort zu bleiben. Alle sind in der Gewerkschaft, auch ich, der Meister zahlt sogar die Beiträge, außerdem darf ich einen Stenographiekurs besuchen, für den er ebenfalls aufkommt. Ich weiß nicht, warum ich das Stenographieren lernen soll, wo ich doch ohnehin nur an die Brüder schreiben darf. Die Rechnungen und Geschäftsbriefe übernimmt Fräulein Løngren. Ich gewinne den Eindruck, dass sie gegen meine Anstellung war und mich jetzt daran hindert, auch nur ansatzweise etwas zu lernen. Ich sitze von acht bis siebzehn Uhr da und starre sie an, eine schwere und ermüdende Arbeit. Einem Menschen wie ihr bin ich noch nie begegnet. Mitunter ist sie freundlich, dann fragt sie mich beispielsweise, ob ich einen Apfel möchte. Sie reicht ihn mir, doch als er in meinem Mund kracht, runzelt sie die Stirn und fragt: »Können Sie nicht einmal einen Apfel essen, ohne ein solches Spektakel zu veranstalten?« Und wenn ich zu oft auf die Toilette gehe, erkundigt sie sich, ob ich mir den Magen verdorben hätte. Eines Tages erzählt sie, ihre Nichte werde bald konfirmiert, und fragt mich, ob ich jemanden kennen würde, der zu diesem Anlass ein Lied dichten könne. Nur um sie zu überraschen, antworte ich, das könne ich übernehmen, und sie mustert mich zweifelnd. »Es soll aber gut werden«, sagt sie, »so wie die, die im Kioskschaufenster ausgestellt sind.« Ich verspreche, dass es gut wird, und sie gestattet mir zögernd, es zu versuchen. Ich schreibe das Lied zur gewünschten Melodie, *Der fröhliche Kupferschmied,* und Fräulein Løngren ist beeindruckt. »Dieses Lied«, sagt sie, »ist wirklich genauso gut wie die, für die man bezahlt.« Sie zeigt es dem Sohn, der sagt, zum Henker aber auch, so etwas habe man Fräulein Ditlevsen nun wirklich nicht zugetraut. Er dreht sich auf seinem Stuhl und sieht mich neugierig mit seinen hinterlistigen Augen an. Zu mir persönlich sagt er wie gewohnt nichts. »Ja«, sagt Fräulein Løngren, »so etwas ist eine Gabe.« Ich finde sie beide sehr dumm. Fräulein Løngren kann nicht einmal ordentlich Dänisch sprechen. Zum Beispiel sagt sie: Insbesonders, und sie sagt es sehr oft. Wenn sie ihren Worten eine spezielle Bedeutung verleihen will, sagt sie: »Ich kann nicht oft genug betonen, dass …« Aber natürlich betont sie es dann nur einmal. Auf diese sinnlose Art muss ich noch zwei weitere Jahre absitzen, und der Gedanke erscheint mir beinahe unerträglich. Wenn ich abends nach Hause komme, ist Jytte fast immer bei meiner Mutter zu Besuch, und das Geschwätz der beiden ermüdet mich. Jytte ist groß und blond und hübsch, und sie sagt von sich, dass sie niemals heiraten werde, weil sie die Männer so schnell wieder leid sei. Sie hatte schon eine ganze Reihe von Freunden und unterhält meine Mutter immer damit, von ihrem letzten zu erzählen. Dann lachen sie viel, und auch hier fühle ich mich ausgeschlossen. Mein Vater schnarcht laut, und ich kann mich erst schlafen legen, wenn er zur Arbeit geht und Jytte zu sich nach Hause. Ich weiß selbst nicht, warum ich andere Menschen kaum ertragen kann, oder wie sie reden müssten, damit ich ihnen begeistert zuhöre. Sie müssten so reden wie Herr Krogh. Wenn ich auf der Straße unterwegs bin, glaube ich ständig, er sei es, der da gerade um die Ecke biegt oder die Straße überquert. Dann renne ich ihm nach, um ihn einzuholen, aber er ist es nie. Wo einst sein Haus stand, bauen sie gerade ein neues, und ich sehe nie dorthin, wenn ich auf dem Heimweg durch die Passage gehe. Ich weiß, dass ich ihn im Telefonbuch nachschlagen könnte, doch mein Stolz hält mich davon ab. Ich habe ihm nichts bedeutet. Für eine Weile war ich ein netter Zeitvertreib, dann zuckte er mit den Schultern und kehrte mir den Rücken zu. Doch ich verkümmere in diesem Dasein und muss irgendetwas dagegen tun. Mir fällt eine Anzeigenrubrik in *Politiken* ein, die lautet: *Theater und Tanz – Gesuche.* Ich muss etwas finden, was man abends unternehmen kann, denn mittlerweile darf ich bis zehn Uhr wegbleiben. Die Musik ist für mich ein Buch mit sieben Siegeln, aber ich könnte mir gut vorstellen, Schauspielerin zu werden. In aller Heimlichkeit bewerbe ich mich auf eine Anzeige, in der Darsteller für ein Amateurtheater gesucht werden. Ich bekomme einen Brief vom »Theaterensemble Applaus«, das mich in ein Restaurant auf Amager einbestellt. Ich trage das braune Kostüm, das ich mir – wie von meiner Mutter gewünscht – anstelle eines Fahrrads gekauft habe, und nehme die Straßenbahn zum Restaurant. Dort begrüße ich drei ernste junge Männer und ein junges Mädchen, die genau wie ich zum ersten Mal da sind. Wir setzen uns an einen Tisch, und der Leiter der Gruppe erläutert uns sein Vorhaben, eine Laienkomödie namens »Tante Agnes« aufzuführen. Er hat die Rollentexte dabei und beschließt nach einem kurzen, prüfenden Blick, dass ich besagte Tante Agnes spielen soll. Eine komische Rolle, so erklärt er, für die ich mich hervorragend eignen würde. Die Dame sei etwa 70 Jahre alt, aber diese Verwandlung lasse sich mit etwas Schminke leicht bewerkstelligen. Außerdem gebe es im Stück noch ein junges Paar. Der Mann solle von ihm selbst gespielt werden, die Frau von Fräulein Karstensen. Ich sehe zu ihr hinüber und finde sie sehr hübsch. Ihr Haar ist platinblond, die Augen sind tiefblau und die Zähne weiß und makellos. Mir wird klar, dass ich ihre Rolle nicht spielen könnte. Dennoch habe ich mir meinen schauspielerischen Durchbruch nicht als komische siebzigjährige Dame vorgestellt. Nachdem die Rollen verteilt sind und ein neues Treffen in Aussicht gestellt wird, sobald wir unseren Text gelernt haben, trinken wir eine Tasse Kaffee und gehen auseinander. Fräulein Karstensen und ich spazieren gemeinsam zur Straßenbahn. Sie fragt, ob wir uns nicht duzen wollen. Sie heißt Nina und wohnt in Nørrebro. Ich frage, warum sie sich auf die Anzeige gemeldet hat. »Weil ich mich fast zu Tode gelangweilt habe«, antwortet sie. Beim Gehen schwingt sie leicht die Hüften, und ich fühle mich glücklich in ihrer Gesellschaft. Nina ist achtzehn Jahre alt, und ich bin sicher, dass wir Freundinnen werden.

NEUN

Der Leiter unserer Theatergruppe wird »Gammeltorv« genannt. Er ist zweiundzwanzig Jahre alt und hat Frau und Kind. Wir proben bei ihm zu Hause, und seine Gattin ist sauer, weil das Baby vom Lärm geweckt wird. Sie habe einfach keinen Sinn für Kunst, erklärt Gammeltorv voller Bedauern. Er hingegen schon. Wenn er uns Anweisungen gibt, setzt er Kopf, Arme und Beine ein, genau wie berühmte Dirigenten. Er wütet und schimpft und bittet uns, den Tränen nah, mehr Gefühl in unseren Text zu legen und uns vollkommen in die Rollen hineinzuleben. Tante Agnes ist eine überaus alberne und gutgläubige Person, die von dem jungen Paar ständig zum Narren gehalten wird, und darin liegt auch die Komik, denn die Dialoge sind nicht besonders lustig und im übrigen äußerst beschränkt. Den Höhepunkt des Stücks bildet eine Szene, in der die Dame mit einem Teetablett in den Händen ins Wohnzimmer kommt. Als sie sieht, wie das Paar eng umschlungen auf einem kleinen Sofa sitzt, lässt sie das Tablett fallen, schlägt die Hände über dem Kopf zusammen und ruft: »Gott steh mir bei!« Bei diesen Worten müsse der Saal brüllen vor Lachen, erklärt Gammeltorv, und ich würde klingen, als läse ich sie aus einem Buch ab. »Noch einmal«, brüllt er, »noch einmal!« Irgendwann gelingt es mir, genügend Verblüffung in meinen Satz zu legen, und er meint, wenn dann noch echte Tassen auf dem Tablett stünden, werde es schon gehen, aber seine Frau weigert sich, uns mit solchen zu versorgen. Zu Hause im Wohnzimmer spiele ich meiner Mutter Tante Agnes vor, und sie ist sehr begeistert. »Vielleicht«, sagt sie, »wirst du ja wirklich Schauspielerin. Es ist so schade, dass du nicht singen kannst.« Das kann wiederum Nina, die ein Liebesduett mit Gammeltorv flöten soll, was ihr meiner Meinung nach auch hinreißend gelingt. Das Stück soll im Stjernekroen auf Amager aufgeführt werden. Gammeltorv rechnet mit vollem Haus, weil anschließend der Ball stattfindet. Nina und ich freuen uns sehr darauf. Nina stammt ursprünglich aus Korsør, dort wohnt auch ihr Verlobter, der Förster ist. Er wird zur Premiere kommen. Nina ist in der Anzeigenabteilung von *Berlingske Tidende* angestellt und wohnt in einem gemieteten Zimmer in Nørrebro. Es ist ein armseliger, unbeheizter Raum, in dem wir in unseren Jacken auf der Bettkante sitzen und einander unsere Zukunftspläne anvertrauen, während wir auf der anderen Seite der dünnen Wand den Kachelofen der Familie bullern hören. Irgendwann wird Nina ihren Förster heiraten, weil sie ihr Leben auf dem Land verbringen möchte, doch bevor es so weit ist, möchte sie sich in Kopenhagen amüsieren und ihre Jugend genießen. Sie hatte sich auf die Annonce gemeldet, weil sie interessante Menschen kennenlernen wollte. Vor allem Männer möchte sie kennenlernen. Männer, die ihr Avancen machen und sie einladen. Sie sagt, wenn wir nicht mehr so viel mit unserem Stück zu tun haben, müssen wir unbedingt zusammen ausgehen und uns einen Tanzpartner suchen. Allein kann man als Mädchen nicht im Restaurant sitzen, zu zweit ist es aber in Ordnung. Mir fällt Herrn Kroghs Bemerkung wieder ein, dass wir Menschen einander immer für etwas benutzen, und ich bin froh, einen Nutzen für Nina zu haben. Seit ich sie kennengelernt habe, denke ich seltener an Ruth. Außerdem sind ihre Eltern und sie umgezogen, und ich sehe Ruth nicht mehr, wenn ich abends nach Hause komme. Nina ist bei ihrer Großmutter aufgewachsen, die ein Hotel in Korsør besitzt. Ihre Mutter lebt in Kopenhagen mit einem Mann in wilder Ehe. Sie ist arm und putzt bei anderen Leuten, und irgendwann solle ich abends einmal mit zu ihr nach Hause kommen und sie kennenlernen, sagt Nina. Meine Mutter hat dagegen keinerlei Bedürfnis, Nina kennenzulernen. »Warum wohnt sie in Kopenhagen«, fragt sie, »wenn ihr Verlobter in Korsør sitzt? Du hattest schon immer schlechte Freundinnen.« Im Büro sagt Fräulein Løngren streng: »Sie sehen in letzter Zeit so glücklich aus. Ist bei Ihnen zu Hause irgendetwas Erfreuliches vorgefallen?« Ich verneine es erschrocken und versuche, weniger glücklich auszusehen. Inzwischen besuche ich den Stenographiekurs in der Vester Voldgade, der mir großen Spaß bereitet. Manchmal denke ich sogar in stenographischen Zeichen. Eines Abends, als ich die Firma verlasse, wartet Edvin draußen auf mich, und auch er sieht sehr glücklich aus. Während wir gemeinsam nach Hause gehen, erzählt er mir, dass er bald ein junges Mädchen heiraten werde, das Grete heißt und aus Vordingborg kommt. Sie wollen heimlich heiraten und haben bereits eine Wohnung in Sydhavnen gefunden. Ich werde von einer dunklen Eifersucht erfüllt und kann seine Begeisterung nur schwer teilen. Unsere Eltern dürfen von der Hochzeit nichts wissen, bis sie stattgefunden hat. »Sie werden außer sich sein«, sage ich und habe ein wenig Mitleid mit ihnen. »Du kennst Mutter«, sagt er nur, »sie vergrault all meine Freundinnen.« Ich erzähle ihm, dass ich es in diesem Punkt einmal leichter haben werde, denn Mutter war vollkommen hingerissen von Erling, ohne ihn je zu Gesicht bekommen zu haben. Er sagt, das sei wohl fast immer so und auch nicht weiter seltsam. Er fragt, wie es um meine Gedichte steht, und ob ich nicht versuchen wolle, sie an einen anderen Redakteur zu schicken, die würden schon nicht alle sterben. Ich erzähle ihm, dass ich allmählich anfange, bessere Gedichte zu schreiben, aber bevor ich nicht gut genug geworden bin, möchte ich es nicht noch einmal versuchen. Edvin findet aber, die Kindergedichte sind mindestens so gut wie die, die man auch in Schulbüchern und Zeitungen findet, und ich kann ihm den undefinierbaren Unterschied zwischen einem guten und einem schlechten Gedicht nicht erklären, weil er mir selbst gerade erst klar geworden ist. Wir bleiben eine Weile vor dem Hauseingang stehen und unterhalten uns, während wir mit den Füßen aufstampfen, damit uns nicht kalt wird. Edvin möchte nicht mit hinaufkommen, weil Mutter dann Verdacht schöpfen könnte, dass wir zusammen gekommen sind, und sie kann es nicht ausstehen, wenn wir etwas teilen, von dem sie ausgeschlossen ist. Außerdem hegt Edvin immer noch einen Groll gegen Vater wegen der vier harten Lehrjahre. »Ihm habe ich meinen Husten zu verdanken«, sagt er verbittert und ein wenig ungerechtfertigt. Edvin ist mittlerweile zwanzig Jahre alt und hat dunkle Schatten an Kinn und Wange. Seine schwarzen Locken fallen ihm tief in die Stirn, und seine braunen Augen gleichen denen meines Vaters und Herrn Kroghs. Eines Tages möchte ich auch einen Mann mit braunen Augen heiraten. Dann erben meine Kinder sie vielleicht, und ich glaube, mit achtzehn möchte ich das erste bekommen. Nina ist vollkommen entsetzt darüber, dass ich noch Jungfrau bin, und meint, das sei ein Makel, der schnellstmöglich behoben werden müsse. Sie habe auch Angst gehabt, weil man so vieles hört, aber in Wirklichkeit sei es wunderbar gewesen. Nina hat sich für den Ball im Stjernekroen ein langes, enges Seidenkleid gekauft, das im Rücken tief ausgeschnitten ist, auf Raten. Es hat 200 Kronen gekostet, und ich wundere mich, wie sie es jemals abbezahlen will. Sie lacht und sagt, natürlich sei sie nicht so naiv gewesen, ihren richtigen Namen anzugeben. Wie immer, wenn jemand etwas wagt, das ich mich nie trauen würde, bin ich beeindruckt. Im Stjernekroen haben wir alle Hände voll zu tun, uns zu schminken und zu kostümieren. Ich trage das schwarze Kleid von Gammeltorvs Großmutter. Es reicht bis zum Boden, und ich habe mir darunter ein Kissen auf den Bauch gebunden. Auf dem Kopf trage ich eine Perücke aus grauem Wollgarn, außerdem hat mir Gammeltorv schwarze Striche ins Gesicht gemalt, die Falten darstellen sollen. Ich soll gebeugt wie ein Klappmesser laufen, weil mich die Gicht plagt. Wir spähen durch ein Loch im Vorhang. Wir blicken auf unsere Familien hinab und zählen nach, ob alle da sind. Sie füllen nur die ersten drei bis vier Reihen, der restliche Saal ist leer bis auf ein paar junge Menschen, die vollkommen desinteressiert dasitzen und gähnen, weil sie nur wegen des Balls gekommen sind. Nina zeigt mir ihren Förster, der direkt hinter Tante Rosalia sitzt. Er sieht aus, als wolle er sich von allem distanzieren. Allerdings hat Nina auch erzählt, er wäre dagegen, dass sie in Kopenhagen wohne. »Was grämt ihn denn so?«, fragt Gammeltorv, der mitschaut. Dann setzt das Orchester ein, und der Vorhang geht auf. Mein Herz klopft vor Aufregung, denn ich bin mir nicht sicher, ob meine Tante Agnes jemanden zum Lachen bringen kann. Doch die Zuschauer sind überaus gut aufgelegt. Sie klatschen und amüsieren sich, und nach jedem Akt sagt Gammeltorv, das Stück werde unweigerlich ein Erfolg. Ob wir den Mann gesehen hätten, der die ganze Zeit etwas in seinen Block notieren würde? Das sei ein Journalist vom *Amagerbladet*, den man nur hergeschickt habe, weil dies ein wahres Ereignis sei. Endlich kommt die Szene, in der ich mit dem Tablett in den Händen das junge Glück auf dem Sofa überrasche. Ich lasse das Tablett fallen, schlage die Hände über dem Kopf zusammen und rufe: »Gott steh mir bei!« Im selben Moment wird hinter der Bühne eine Tür geöffnet, und die Perücke weht mir vom Kopf. Entsetzt will ich sie aufheben, doch Gammeltorv auf dem Sofa schüttelt den Kopf, weil mir aus dem Saal begeistertes Gelächter entgegenschlägt. Gelächter, Applaus und Stampfen. Nina wirft mir einen beleidigten Blick zu, denn eigentlich ist sie doch die Primadonna. Als der Vorhang gefallen ist, nimmt Gammeltorv meine Hände und drückt sie. »Du hast die ganze Vorstellung gerettet«, sagt er, »nächstes Mal wirst du die Hauptrolle übernehmen.« Auch meine Familie lobt mich, und Edvin sagt, ich hätte Talent. Wie er selbst auch, findet er, aber man habe ihm nie die Chance gegeben. Beim anschließenden Ball tanzt er mit mir, wofür ich ihm dankbar bin. Er ist ein guter Tänzer. Nina begutachtet ihn, als sie mit ihrem Förster an uns vorbeitanzt, der kleiner ist als sie und auch sonst nicht viel hermacht. Edvin tanzt auch mit meiner Mutter und meinen beiden Tanten, und um Mitternacht sagt meine Mutter, wir müssten jetzt aufbrechen, so dass ich mich von meinen Freunden verabschiede. Als wir uns das nächste Mal im Restaurant auf dem Strandlodsvej treffen, zeigt Gammeltorv mir einen Zeitungsausschnitt aus dem *Amagerbladet*, in dem unter anderem steht: »Ein recht junges Mädchen, Tove Ditlefsen, beglückte das Publikum als Tante Agnes.«

Obwohl mein Name falsch geschrieben ist, berührt es mich seltsam, ihn zum ersten Mal gedruckt zu sehen. »Und hier«, sagt der umtriebige Gammeltorv, »haben wir auch schon die Texte für das neue Stück: *Trilby*. Trilby ist ein armes junges Mädchen, das sich in der Gewalt eines alten Zauberers befindet. Er zwingt sie zum Singen, und sie singt sehr schön. »Und wer soll Trilby spielen?«, fragt Nina kühl. »Tove soll sie spielen«, antwortet er, »aber weil sie nicht singen kann, muss sie lediglich ihren Mund auf- und zumachen. Währenddessen stehst du hinter den Kulissen und singst.« Nina wird zornesrot. Sie schnappt ihre Tasche und steht auf. »Das lasse ich mir nicht bieten«, sagt sie, »sing doch selbst, während sie den Mund auf- und zumacht! Mir reicht es.« Ich starre sie entsetzt an. »Dann will ich auch nicht mehr dabei sein«, sage ich. »Nina ist viel hübscher als ich. Warum soll ich denn dann Trilby spielen?« Plötzlich sind wir alle aufgestanden. Gammeltorv schlägt auf den Tisch. »Ist das euer Theaterensemble oder meins?« »Ha«, schnaubt Nina verächtlich. »Theaterensemble Applaus! Jeder Idiot kann eine Anzeige aufgeben und sich eine Menge darauf einbilden. Ich gehe jetzt!« »Ich auch!«, rufe ich und stürze ihr nach. Ich muss rennen, um sie einzuholen. Plötzlich verharren wir regungslos, als hätten wir es abgesprochen. Wir stehen zwischen zwei Laternen, die Straße ist menschenleer. Ein Hauch von Frühling liegt in der Luft. Ninas schmales Gesicht mit der feinen Glorie ihres Haars ist immer noch finster vor Wut, doch dann bricht sie plötzlich in Gelächter aus, und ich tue es auch. »Ha, und du solltest die Primadonna sein!«, lacht sie, »das ist wirklich zu komisch.« Wir stellen uns vor, wie ich dastehe und den Mund auf- und zumache, während Nina aus vollem Hals singt, vor dem Publikum verborgen. Wir können gar nicht mehr aufhören zu lachen und sind uns einig, dass keine von uns Bühnentalent besitzt. Anstatt für anderer Leute Unterhaltung zu sorgen, wollen wir lieber selbst unseren Spaß haben. Wir wollen uns in dieser großen, spannenden Stadt austoben und ein paar Jungs auftun, in die wir uns verlieben können. Ein paar junge Männer, die gut aussehen und gut bei Kasse sind. Jetzt, da wir unsere Abende nicht mehr mit diesen idiotischen Proben von Tante Agnes verbringen müssen, haben wir genügend Zeit. Das einzig Ärgerliche ist, dass ich um zehn zu Hause sein muss, aber daran lässt sich vorläufig nichts ändern.

ZEHN

Tante Rosalia ist im Krankenhaus. Als meine Mutter eines Tages bei ihr zu Besuch war, sagte Tante Rosalia lachend: »Ich bin wieder jung, Alfrida.« Meine Mutter sagte, sie solle zum Arzt gehen, aber das wollte meine Tante nicht, denn genau wie meine Mutter geht sie nur in der größten Not zum Arzt. Abends erzählte mir meine Mutter davon, als ich aus dem Büro gekommen war. Ich verstand nicht, was meine Tante mit ihrem rätselhaften Satz gemeint hatte, woraufhin mir meine Mutter erklärte, dass meine Tante nach einer Pause von mehreren Jahren plötzlich wieder geblutet hatte. Obwohl mir meine Mutter noch nie irgendetwas in diese Richtung erklärt hat, geht sie immer davon aus, dass ich alles weiß, doch die Sexualaufklärung in der Ecke neben den Mülltonnen war offenbar lückenhaft. Meine Mutter musste meine Tante lange überreden, einen Arzt aufzusuchen, und als sie es endlich tat, wies er sie augenblicklich ins Krankenhaus ein. Jetzt muss sie operiert werden und redet darüber, als würde sie einen Sonntagsausflug machen. »Sie hat Krebs«, sagt meine Mutter düster, »erst der Mann, dann sie. Dabei sollte sie doch noch ein paar gute Jahre haben, nachdem sie den alten Mistkerl losgeworden ist.« Meine Mutter ist aufrichtig besorgt und traurig, weil sie Tante Rosalia lieber mag als Tante Agnete. Am Tag vor ihrer Operation besuche ich sie zusammen mit meiner Mutter. Sie liegt im Bett und isst Orangen und unterhält sich munter mit den anderen Patientinnen auf ihrem Zimmer. Ich kann gar nicht glauben, dass meine Mutter die Wahrheit gesagt hat, denn meine Tante sieht nicht krank aus und hat keine Schmerzen. Doch als wir uns von ihr verabschiedet haben und auf den Gang hinausgetreten sind, kommt eine Krankenschwester zu uns und fragt meine Mutter, wer die nächsten Angehörigen meiner Tante seien. Als sie hört, dass wir es sind, bittet sie meine Mutter, hereinzukommen und mit dem Arzt zu sprechen. Währenddessen warte ich draußen auf einer Bank. Meine Mutter kehrt mit roten Augen zurück. Sie schnäuzt sich heftig die Nase und stützt sich auf meinen Arm, als wir hinausgehen. »Ich habe es schon geahnt«, schluchzt sie, »ich hatte recht. Sie wissen nicht, ob sie die Operation überlebt.« Auf dem Weg ins Büro rufe ich Nina an und sage, ich könne heute Abend nicht zu ihr kommen. Ich finde, ich sollte meine Mutter nicht allein lassen, und Jytte ist keine große Hilfe, wenn man Kummer hat. Im Büro fragt Fräulein Løngren misstrauisch: »Und, wie geht es Ihrer Tante?« »Sie hat Krebs«, antworte ich ernst, »und wird vielleicht sterben.« »Ach ja«, erwidert sie nicht gerade feinfühlig, »das werden wir alle eines Tages. Und jetzt kommen Sie endlich in die Gänge. Hier sind ein paar Briefe.« Ich tippe die Briefe an die Brüder, die ich vorher selbst nach Diktat des Meisters stenographiert habe. Carl Jensen kommt aus der Druckerei herüber und setzt sich in seinen beweglichen Stuhl. Er trägt einen grauen Kittel und hat sich einen gelben Bleistift hinter das Ohr geklemmt. Soweit ich es beurteilen kann, rührt er keinen Finger, aber Fräulein Løngren gegenüber braucht er auch nicht so zu tun. Ich sehe ihm an, dass er ihr irgendetwas mitteilen möchte und von meiner Anwesenheit gestört wird, aber ich klappere weiter unbekümmert auf meiner Schreibmaschine, auf der ich immer schneller werde. »Løngren«, sagt er und lehnt sich zurück, so dass sein Gesicht ganz nah an ihrem ist. »Svend Åge feiert in zwei Wochen Silberhochzeit. Glauben Sie nicht, man könnte jemanden davon überzeugen, ein Lied für ihn zu schreiben?« Sein stechender Blick streift mich einen Moment, aber ich sehe nicht auf. »Du liebe Güte, ja«, antwortet Fräulein Løngren. »Das könnte Fräulein Ditlevsen doch übernehmen, nicht wahr?« Die letzten beiden Worte spricht sie so laut und scharf aus, dass ich es nicht wage, sie zu überhören. »Ja«, sage ich an Fräulein Løngren gewandt, »das könnte ich schon machen.« »Das könnte Fräulein Ditlevsen schon machen«, erklärt sie Carl Jensen, »sie braucht dafür nur ein paar Informationen, Sie wissen schon. Was in diesen Jahren alles passiert ist und so weiter.« »Die soll sie natürlich bekommen«, erwidert Carsten Jensen erleichtert, »ich werde sie morgen bereitstellen.« Ich schaue zu ihm hinüber, und plötzlich wird mir bewusst, dass er lediglich durch eine seltsame Schüchternheit gehemmt wird, direkt mit mir zu sprechen. Das macht es weniger unheimlich, und der Fehler liegt bei ihm. Am nächsten Tag schreibe ich das Lied, während die Leute draußen im Sonnenschein vorübergehen, freie Menschen, denen die Welt zwischen 9 und 17 Uhr offensteht, und die alle zu einem persönlichen, von ihnen selbst bestimmten Ziel streben. Ich schreibe das alberne Lied, während meine Tante operiert wird und niemand weiß, ob sie überlebt. Das Telefon klingelt. Fräulein Løngren reicht mir den Hörer mit einer Miene, als hätte sie sich die Finger daran verbrannt: »Es ist für Sie«, sagt sie in scharfem Ton, »eine junge Dame.« Mit hochrotem Kopf gehe ich um den Schreibtisch herum und nehme den Hörer entgegen, während ich ganz nah bei Carl

Jensen und Fräulein Løngren stehe, die im Nu verstummt sind. Es ist Nina, dabei habe ich ihr verboten, mich anzurufen. »Hallo«, sagt sie, »hör mir gut zu. Gestern habe ich im Café Heidelberg einen wahnsinnig netten Kerl kennengelernt. Er hat einen Freund, der auch nicht zu verachten ist. Groß, dunkelhaarig und so weiter. Der wird dir gefallen. Ich habe versprochen, dass wir heute Abend wiederkommen. Dann sind sie beide da.« »Nein«, sage ich leise, »ich kann heute Abend nicht. Ich muss zu Hause bleiben.« »Warum?«, fragt sie, und ich flüstere gequält, das könne ich ihr jetzt nicht erklären. »Außerdem habe ich gerade zu tun.« Nina ist beleidigt und sagt, ich wäre seltsam. Da hätte sie endlich einen Mann für mich gefunden, und dann wolle ich ihn nicht treffen. »Ich muss Schluss machen«, wiederhole ich, »ich habe zu tun. Tschüss.« Ungeschickt lege ich den Hörer auf. »Danke, dass ich das Telefon benutzen durfte«, murmele ich und gehe wieder auf meinen Platz. »War das Ihre Freundin?«, fragt Fräulein Løngren nach einer langen und drückenden Stille. Als ich es bestätige, sagt sie: »Sie klang etwas leichtsinnig. In Ihrem Alter sollte man achtgeben, dass man sich nicht die falschen Freundinnen sucht.« »Das ist wahr«, pflichtet Carl Jensen ihr bei und fügt philosophisch hinzu: »So gesehen ist es besser, wenn man sich einen Freund sucht, da weiß man wenigstens, woran man ist.« Ich arbeite weiter an dem Lied und ärgere mich darüber, dass sich kaum etwas auf Sven Åge reimt. Oboe, Heroe, Bohnenstrohe. Ich schreibe, seine Angetraute sei damals »jauchzend frohe« gewesen, als sie ihm zum ersten Mal begegnete. Sven Åge ist so stumm wie sein Bruder geschwätzig. Er hat die Körperfülle seines Vaters, und sein Kopf sitzt immer ein wenig schief, als sei die eine Sehne seines Halses zu kurz, wodurch er beinahe liebenswert aussieht. Die beiden Brüder reden nur wenig miteinander, weil Sven Åge oben gratis wohnt, während Carl Jensen anderswo Miete zahlen muss. Außerdem wird Sven Åge als ältester Sohn die Druckerei übernehmen, wenn der Meister eines Tages stirbt. »Wie bedauerlich«, seufzt Fräulein Løngren pathetisch, »dass die Blutsbande nicht stärker sind.« Nachdem ich das Lied fertig habe, tippe ich es ins Reine, und als der Meister plötzlich hereinkommt, reiße ich das Blatt heraus und stecke es schnell in die Schublade, denn ich werde schließlich nicht dafür bezahlt, Gelegenheitsgedichte zu schreiben. Das Ergebnis reiche ich Fräulein Løngren, die noch begeisterter ist als beim letzten Mal. Sie starrt mich an, als wäre ich ein neuer Shakespeare, und sagt: »Das ist phantastisch, sehen Sie doch nur, Carl Jensen.« Er nimmt das Lied und liest es, woraufhin er ihr zustimmt und mich lange anstarrt, ohne ein Wort zu sagen. Dann fragt er Fräulein Løngren: »Woher sie das wohl hat?« »Das ist vererbt«, entscheidet Fräulein Løngren, »etwas, das einem in die Wiege gelegt wird. Ich hatte einen Onkel, der konnte das auch. Aber es hat richtig an ihm gezehrt. Es war, als würden ihn alle Kräfte verlassen, wenn er ein Lied beendet hatte. Das ist wie bei Medien, die sind nach einer Séance auch vollkommen erschöpft. Fühlen Sie sich nicht müde, Fräulein Ditlevsen?« Nein, ich bin nicht müde, und mich haben auch nicht alle Kräfte verlassen. Aber ich hätte so gern einen Ort, an dem ich üben könnte, richtige Gedichte zu schreiben. Ich hätte gern ein Zimmer mit vier Wänden und einer geschlossenen Tür. Ein Zimmer mit einem Bett, einem Tisch und einem Stuhl, mit einer Schreibmaschine oder einem Block und einem Bleistift, mehr nicht. All das kann ich nicht haben, bevor ich achtzehn bin und von zu Hause ausziehen darf. Der

Dachboden mit den Blechdosen war der letzte Ort, an dem ich meine Ruhe hatte. Der Dachboden, und die Fensterbank meiner Kindheit. Von der lauen Mailuft gestreichelt, gehe ich nach Hause. Jetzt ist es abends lange hell, und ich friere nicht in meinem braunen Kostüm. Es besteht aus einer Jacke, die mir nur bis zur Taille reicht, und einem Faltenrock. Ich fühle mich darin angenehm gut gekleidet. Nina sagt, ich bräuchte auch noch eine Garnitur zum Wechseln, aber ich habe ja kein Geld. 20 Kronen im Monat gebe ich zu Hause ab, weil ich jetzt auch alle Mahlzeiten dort einnehme, 10 Kronen muss ich auf der Bank einzahlen, und am Ende bleiben 20 Kronen übrig, nach Abzug der Krankenkasse sogar noch etwas weniger. Das meiste gebe ich für Süßigkeiten aus, weil ich nur unter größten Anstrengungen an einem Schokoladengeschäft vorbeigehen kann. Außerdem brauche ich etwas Geld für die Limonade, die ich trinke, wenn ich mit Nina ins Tanzcafé gehe. Die Jungen, die infrage kämen, mich einzuladen, tauchen bedauerlicherweise erst nach 22 Uhr auf, wenn ich mich bereits von den Freuden des Nachtlebens verabschieden muss. Ich denke kurz darüber nach, welchen jungen Mann Nina wohl für mich auserkoren hat, und ärgere mich, dass ich ihn nicht zu Gesicht bekomme. Aber sollte meine Tante gestorben sein, kann ich meine Mutter nicht allein lassen. Wenn ich vom Büro nach Hause gehe, sehe ich immer in Kinderwagen hinein, weil ich es mag, die kleinen Babys zu betrachten, die mit den Handflächen nach oben auf einem Rüschenkissen liegen. Ich mag es auch, wenn Menschen in irgendeiner Weise Gefühle zeigen. Ich mag es, Müttern dabei zusehen, wenn sie ihre Kinder liebkosen, und ich laufe gern einen Umweg, um einem jungen Paar zu folgen, das Hand in Hand spaziert und offensichtlich verliebt ist. Das gibt mir ein wehmütiges Glücksgefühl und eine unbestimmte Hoffnung für die Zukunft. Oben im Wohnzimmer sitzt meine Mutter und wartet auf mich. Sie ist sehr blass, und sie hat vor Kurzem geweint. Auch meine Mutter mag ich, wenn sie Beute eines unkomplizierten und echten Gefühls geworden ist. »Sie ist nicht gestorben«, sagt sie ernst, »aber der Arzt meinte, es sei nur eine kurze Schonfrist. Jetzt kommt es darauf an, dass sie nicht selbst herausfindet, wie es um sie steht. Du darfst es ihr auf keinen Fall erzählen.« »Nein«, verspreche ich. Meine Mutter geht hinaus, um Kaffee zu kochen, und ich betrachte den Rücken meines schlafenden Vaters. Plötzlich sehe ich, dass er müde und gealtert ist. Ich kann es an nichts Bestimmtem festmachen, es ist lediglich ein Eindruck. Mein Vater ist 55 Jahre alt, ich habe ihn nie jung erlebt. Meine Mutter war erst jung und dann junggeblieben, und in diesem unsicheren Stadium befindet sie sich noch immer. Sie lügt sich gern ein paar Jahre jünger, selbst uns gegenüber, die wir genau wissen, wie alt sie wirklich ist. Sie lässt sich auch weiterhin die Haare färben und geht einmal wöchentlich ins Dampfbad, und diese Anstrengungen wecken ein leises Mitleid in mir, weil sie Ausdruck einer Angst sind, die ich nicht verstehe. Ich nehme sie nur wahr. Als sie die Tassen auf den Tisch stellt, erwacht mein Vater, reibt sich die Augen und setzt sich auf. »Hast du es ihr erzählt?«, fragt er barsch. »Nein«, antwortet meine Mutter, »erzähl du es ihr doch.« »Wir haben eine neue Wohnung«, erklärt er grimmig, »drüben in der Westend. Sie kostet 60 Kronen im Monat, und ich weiß nicht, wo wir das Geld hernehmen sollen, wenn ich wieder meine Arbeit verliere.« »So ein Quatsch«, erwidert meine Mutter. »Tove steuert doch auch zwanzig bei.« Ich bin erschrocken, denn sie dürfen meinen Beitrag nicht für ihre Zukunft einplanen. Sie dürfen auf keinen Fall mit mir rechnen, wenn sie hinter meinem Rücken Pläne schmieden. Ich frage, warum sie mir das nicht früher erzählt haben, und meine Mutter sagt, es sollte eine Überraschung sein. Die Wohnung habe drei Zimmer, und ich solle eins für mich allein haben. Und das Fenster gehe auf die Straße hinaus, so dass man das Geschehen draußen beobachten könne. Jetzt freue ich mich doch ein wenig, denn ich habe ja immer von einem eigenen Zimmer geträumt. »Was zum Teufel soll sie denn in diesem Zimmer machen«, faucht mein Vater, »Nägel kauen und in der Nase bohren oder wie?« Ich werde wütend, weil er rein gar nichts über seine Kinder weiß. Und wenn ich wütend werde, sage ich immer etwas, das ich später bereue. »Ich möchte lesen«, sage ich, »und schreiben.« Er fragt mich, was um alles in der Welt ich schreiben wolle. »Gedichte«, schreie ich. »Ich habe viele Gedichte geschrieben, und es gab einmal einen Redakteur, der gesagt hat, sie wären ausgezeichnet.« »Da siehst du es«, sagt mein Vater und reibt sich mit seiner großen Hand das Gesicht. »Sie hat auch nicht alle Tassen im Schrank. Hast du gewusst, dass sie sich mit solchen Dingen abgibt?« »Nein«, antwortet meine Mutter knapp, »aber das ist ihre Sache. Wenn sie schreiben möchte, braucht sie natürlich ein eigenes Zimmer.« Unter beleidigtem Schweigen packt mein Vater seine belegten Brote ein und zieht seine Jacke an, um zur Arbeit zu gehen. Nachdem er seine Mütze aufgesetzt hat, bleibt er noch einen Moment betreten stehen. »Tove«, sagt er mit sanfter Stimme. »Darf ich deine – äh – Gedichte denn bei Gelegenheit einmal sehen? Ich verstehe ja ein bisschen von so was.« Mein Zorn verfliegt vollständig. »Ja«, antworte ich, und er nickt mir unbeholfen zu, ehe er geht. Mein Vater kann in sich gehen und etwas bereuen, eine Gabe, die meiner Mutter völlig abgeht. Als er weg ist, erzählt sie mir von der neuen Wohnung, in die wir am ersten des nächsten Monats einziehen werden. »Drei riesige Zimmer«, sagt sie, »es sind beinahe Säle. Wie schön es sein wird, endlich aus diesem Proletarierviertel wegzukommen.« Nachdem sie ins Schlafzimmer verschwunden ist, sehe ich mich in unserem kleinen Wohnzimmer um. Ich sehe das alte, staubige Puppentheater, das mein Vater selbst gebaut hat, und über das ich einmal so glücklich war. Einen Umzug wird es wohl kaum überleben. Ich sehe die Tapete, die verschiedene Flecken hat, an deren Ursprung ich mich in den meisten Fällen erinnern kann. Ich sehe die Seemannsbraut an der Wand, das Messingservice auf der Anrichte, den Türgriff, der einmal kaputtging, als meine Mutter die Tür hinter sich zuschlug, und nie repariert wurde. Ich sehe aus dem Fenster hinüber zum Platz mit der Zapfsäule und dem Zirkuswagen. Ich sehe all dieses ewig Bestehende, und mir wird klar, dass ich Veränderungen in Wahrheit verabscheue. Es ist schwierig, bei sich zu bleiben, wenn die Dinge ringsherum ihr Gesicht verändern.

ELF

Der Sommer ist vergangen, es ist Herbst geworden. Das wild gefärbte Laub weht durch die Straßen, und für das braune Kostüm wird es zu kalt. Weil ich nicht mehr in Edvins abgeänderten Mantel hineinpasse, kaufe ich mir einen neuen auf Raten. Das läuft der Empfehlung meines Vaters zuwider, der sagt, man solle alles sofort bezahlen und bei niemandem Schulden machen, denn sonst ende man irgendwann in Sundholm. Wir wohnen jetzt in der Straße Westend, im Erdgeschoss der Hausnummer 21. Mein Zimmer wird Wohnzimmer genannt, wenn ich es nicht gerade in Beschlag nehme, und ist nur durch einen geblümten Cretonne-Vorhang vom Esszimmer getrennt. Es gibt einen Tisch mit krummen Beinen, zwei Ledersessel und ein Ledersofa, die alle gebraucht gekauft wurden und ziemlich zerschlissen sind. Ich schlafe nachts auf dem Sofa, auf dem ich mich wegen der krummen Lehne nicht ganz ausstrecken kann. »Dann wächst du vielleicht nicht mehr so viel«, sagt meine Mutter hoffnungsfroh. Ich mache mir selbst oft Gedanken, wie lange ein Mensch noch weiterwachsen kann, mit mir scheint es jedenfalls kein Ende zu nehmen. Ich werde bald siebzehn und verdiene 60 Kronen im Monat. Mein Lohn entspricht dem Tarifvertrag. An meinem Zimmer habe ich nicht ganz so viel Freude, denn sowie ich abends hineingehe, ruft meine Mutter durch den Vorhang: »Was machst du denn gerade? Es ist so still.« In der Regel mache ich nicht viel anderes, als die Bücher meines Vaters zu lesen, die ich längst kenne. »Du kannst doch auch hier drinnen lesen«, schreit meine Mutter so laut, als wären wir durch schwere Stahltüren getrennt. Wenn sie guter Stimmung ist, steckt sie manchmal den Kopf durch den Vorhang und fragt: »Dichtest du, Tove?« Meistens aber bin ich abends nicht mehr zu Hause. Ich gehe mit Nina ins Lodberg oder Olympia oder Heidelberg, und dann sitzen wir mit unseren Limonaden da und beobachten die Paare auf der Tanzfläche, als wären wir selbst überhaupt nicht zum Tanzen hergekommen. Für gewöhnlich wird Nina zuerst aufgefordert. Dann lächle ich dem jungen Mann zu, der mit ihr tanzen möchte, als wäre ich Ninas Mutter und würde befinden, dass sie in guten Händen ist. Ich lächle weiterhin wohlwollend, wenn sie an mir vorbeitanzen und betrachte auch die anderen Menschen im Saal interessiert. Ich stelle mir vor, dass man denken könnte, ich würde meine Umgebung in der Absicht studieren, einmal ein Buch über sie zu schreiben. Meinetwegen können die anderen aber denken, was sie wollen, solange sie nicht denken, ich wäre ein Mauerblümchen, das nur darauf aus ist, sich zu verloben. Einmal, als ich mit einem Jungen tanze, der sich meiner erbarmt hat, sagt ein Herr am Nebentisch halblaut: »Ein blindes Huhn findet auch mal ein Korn.« Das verdirbt mir den ganzen Abend. Nina sagt, hier werde es immer erst nach zehn richtig lustig und fragt mich, ob ich denn nicht bis Mitternacht ausgehen darf. Davon will meine Mutter aber nichts wissen. Nina würde mich auch gern ein bisschen herausputzen. Wir ziehen gemeinsam los und kaufen einen gepolsterten Büstenhalter und ein schwarz-rotes Kittelkleid auf Raten. Das wage ich zu Hause nicht zu erzählen und behaupte, Nina hätte es mir geschenkt. Die neuen Maßnahmen zeigen tatsächlich eine gewisse Wirkung, was mich erstaunt, denn ich bin schließlich immer noch dieselbe, ob mit BH-Polstern oder ohne. »Die Welt möchte betrogen werden«, bemerkt Nina zufrieden, denn sie wünscht sich wirklich, dass ich genauso viel Erfolg habe wie sie. Eines Abends fordert mich ein hübscher und ernster junger Mann auf. Er ist schlecht gekleidet, und während wir tanzen, erzählt er mir, er werde am nächsten Tag nach Spanien reisen, um am Bürgerkrieg teilzunehmen. Er legt seine Wange an meine, und obwohl es ein wenig kratzt, gefällt mir die zärtliche Geste. Ich schmiege mich etwas mehr an ihn. Die Wärme seiner Hand dringt bis zur Haut meines Rückens, meine Knie werden ganz weich, und ich empfinde etwas, das ich noch nie bei der Berührung eines Menschen empfunden habe. Vielleicht fühlt er das gleiche, denn er bleibt mit dem Arm um meine Taille stehen, als die Musik wieder einsetzt. Er heißt Kurt und fragt, ob er mich nach Hause begleiten darf. »Du wirst das letzte Mädchen sein, mit dem ich zusammen bin, bevor ich abreise«, sagt er. Kurt war drei Jahre lang arbeitslos und möchte sein Leben lieber für eine wichtige Sache opfern, als in Dänemark zu versauern. Als er noch eine Arbeit hatte, war er als Fahrer bei einem Fuhrunternehmen angestellt und hat auch nichts außer Autofahren gelernt. Er setzt sich zu uns an den Tisch. Nina lächelt beglückt, weil ich auch endlich einen Jungen gefunden habe, an dem ich vielleicht festhalten kann. Eigentlich sind wir uns einig, dass wir uns von Männern fernhalten sollten, die arbeitslos sind, aber es ist schwierig, jemanden zu finden, der es nicht ist. Um 22 Uhr bringt Kurt mich nach Hause. Der Mond leuchtet klar, und mein Herz ist ein wenig bewegt. Ich gehe zusammen mit einem Mann durch die Straßen, der bald den

Heldentod sterben wird. Das unterscheidet ihn für mich von allen anderen. Seine Augen sind dunkelblau und mandelförmig, sein Haar ist schwarz und sein Mund rot wie ein Kindermund. Zu Hause im Hauseingang umfasst er meinen Kopf und küsst mich sehr zärtlich. Er fragt mich, ob ich allein wohne, und ich verneine es. Er selbst wohnt in einem Zimmer mit einer garstigen Vermieterin, die keinen Damenbesuch duldet. Während wir dort stehen und uns umarmen, öffnet meine Mutter das Fenster und ruft: »Tove, jetzt sieh aber zu, dass du hochkommst!« Wir schrecken zusammen, und Kurt fragt: »War das deine Mutter?« Das kann ich nicht bestreiten, und jetzt müssen wir uns gezwungenermaßen trennen. Kurt möchte auch noch in den Trommesalen, um bei einem Smørrebrød-Geschäft übrig gebliebenes Essen zu ergattern, das um Mitternacht verteilt wird, wenn man sich früh genug anstellt. Ich bleibe stehen und sehe ihm nach, als er durch die fast leere Straße geht. Er trägt keinen Mantel und hat seine Hände in den Jackentaschen vergraben. Bald wird er sterben, und ich werde ihn nie wiedersehen. Als ich in die Wohnung komme, beschwere ich mich über die Einmischung meiner Mutter, aber sie sagt, ich solle die jungen Herren doch einfach einladen, damit sie sich davon überzeugen könne, dass es keine zwielichtigen Gestalten seien. Sie möchte nicht, dass ich Umgang mit lichtscheuem Gesindel pflege. Außerdem hat sie ganz andere Sorgen, denn bald kehrt Tante Rosalia nach längerem Aufenthalt aus dem Krankenhaus zurück. Sie kommt zu uns nach Hause, um zu sterben. Das haben die Ärzte meiner Mutter gesagt. Sie können nichts mehr für Tante Rosalia tun, und im Krankenhaus ist kein Platz für Menschen, für die die Ärzte nichts mehr tun können. Tante Rosalia soll im Bett meines Vaters neben meiner Mutter liegen. Mein Vater muss dann auf dem Sofa im Esszimmer schlafen. All das wäre in der alten Wohnung gar nicht möglich gewesen, sagt meine Mutter. Deshalb kommt es ihr so vor, als hätte eine innere Stimme zu ihr gesprochen, als sie meinen Vater anflehte, dass wir umziehen sollten. Eines Abends, als ich ohne Kavalier nach Hause komme, begegne ich meinem Vater im Treppenhaus. Er ist gerade auf dem Weg hinaus, während ich hineinwill, und sieht rasend und verbittert aus. »Edvin ist oben«, sagt er. »Er hat geheiratet, ohne uns ein Wort zu sagen. Er hat eine Frau und eine Wohnung, und ein Kind ist bestimmt auch unterwegs. Und für ihn haben wir uns so aufgeopfert! Bis später.« Ehe ich die Tür aufschließe – denn ich habe jetzt einen eigenen Schlüssel – setze ich eine erstaunte Miene auf. »Ach was«, frage ich, »was machst du denn hier?« Sie sitzen in meinem Zimmer, denn Edvin zählt jetzt zu den Gästen, und die empfängt man im Wohnzimmer. Meine Mutter heult wie ein Wasserfall, Edvin wirkt unangenehm berührt. Vielleicht bereut er seine Halsstarrigkeit, die mir auch ein wenig übertrieben vorkam. »Ich wollte euch doch nur überraschen«, sagt er kleinlaut, »und euch die Kosten für eine Hochzeit ersparen.« Das macht die Sache nur noch schlimmer. Meine Mutter fragt verärgert, ob er glaube, sie hätten nicht einmal Geld für ein Hochzeitsgeschenk, »aber in Wirklichkeit sind wir dir wohl einfach nicht fein genug.« Dann zeigt Edvin uns ein Bild von seiner Frau. Sie heißt Grete und hat ein rundliches Gesicht mit Grübchen. Meine Mutter studiert es mit gerunzelter Stirn. »Kann sie kochen?«, fragt sie und hört auf zu weinen. Das weiß Edvin nicht genau. »Sie sieht jedenfalls nicht so aus«, sagt meine Mutter. Meine Mutter ist selbst keine begnadete Köchin. Alles, was sie an Essbarem zubereitet, hat eine zementartige Konsistenz, weil sie zu tief in die Mehldose langt. Während wir Kaffee trinken und Kopenhagener essen, fragt sie, wie hoch Edvins Miete sei, und ob seine Frau nicht arbeiten gehen wolle, solange sie noch keine Kinder hätten. Das solle sie nicht, sagt Edvin, und meine Mutter wundert sich, womit sie sich dann die Zeit vertreibe. Es ist eindeutig, dass sie sich bereits eine negative Meinung über Grete gebildet hat, die sich auch durch eine persönliche Begegnung nicht zum Besseren wenden wird. Die Uhr im Wohnzimmer schlägt elf, und Edvin steht auf, um zu gehen. »Dann kommen wir am Sonntag«, sagt er verzagt. Nachdem er weg ist, möchte meine Mutter gern reden, und ich möchte gern allein sein. Ich möchte allein sein und an Kurt denken, und ich möchte ein paar Verse niederschreiben, die zu mir kamen, während ich zusah, wie er die Straße entlangging, ohne sich ein einziges Mal umzudrehen. An der Ecke der Westend zur Matthæusgade befindet sich eine Kneipe, wo ein Orchester namens »Bing und Bang« bis zwei Uhr nachts Lärm veranstaltet. Deshalb müssen wir uns fast anschreien, in der alten Wohnung war es viel stiller. Meine Mutter fragt, was das für ein junger Mann gewesen sei, den ich geküsst hätte. »Einer, mit dem ich getanzt habe«, antworte ich, »mehr weiß ich auch nicht.« Sie sagt, ich solle immer darauf achten, eine neue Verabredung zu treffen, ehe die jungen Männer wieder verschwänden. Sie leidet unter der ständig lauernden Angst, ich würde mich niemals verloben, und sie ist bereit, einen jeden jungen Mann fürstlich zu empfangen, wenn er sich nur für mich interessiert. »Du bist zu kritisch«, sagt sie frei heraus, »das kannst du dir nicht leisten.« Dann geht sie endlich, und ich setze mich an den Tisch mit den krummen Beinen und hole Papier und Bleistift hervor. Ich denke an den schönen jungen Mann, der in Spanien sterben wird, und dann schreibe ich ein gutes Gedicht. Es heißt »An mein totes Kind« und hat keine unmittelbare Verbindung zu Kurt. Trotzdem hätte ich es nicht geschrieben, wenn ich ihm nicht begegnet wäre. Nachdem ich es beendet habe, bin ich nicht mehr traurig darüber, dass ich ihn nie wiedersehen werde. Ich bin glücklich und gelöst und dennoch betrübt. Denn es ist betrüblich, dass ich mein Gedicht keiner lebenden Seele zeigen kann und alles immer noch warten muss, bis ich wieder einen Menschen wie Herrn Krogh treffe. Ich habe Nina meine Gedichte gezeigt, und sie fand alle gut. Ich habe meinem Vater das Gedicht gezeigt, das ich auf dem Dachboden zwischen den Blechdosen schrieb, und er sagte, es sei ein Amateurgedicht, aber das Schreiben wäre ein schöner Zeitvertreib für mich, so wie wenn er Kreuzworträtsel lösen würde. »Mit so etwas trainiert man sein Gehirn,« sagte er. Ich kann mir selbst nicht erklären, warum ich mir so sehr wünsche, dass meine Gedichte gedruckt werden und sich Menschen, die ein Gespür dafür haben, daran erfreuen können. Aber ich wünsche es mir. Das ist es, worauf ich mich zubewege, über dunkle und verschlungene Pfade. Das ist es, was mir jeden Tag die Kraft gibt, aufzustehen und ins Büro der Druckerei zu gehen, um mich acht Stunden lang Fräulein Løngrens Argusaugen auszusetzen. Das ist der Grund, weshalb ich von zu Hause ausziehen möchte, sobald ich achtzehn Jahre alt geworden bin. Bing und Bang schallen durch die Nacht, und aus der Hintertür der Kneipe werden betrunkene Menschen in unseren Hof gespült. Dort brüllen und fluchen sie und prügeln sich, und erst in den frühen Morgenstunden wird es still im Hof und auf der Straße.

ZWÖLF

Die Gerüchte über mein dichterisches Talent sind bis in die Druckerei vorgedrungen, und seither gehen jeden Tag Bestellungen ein. Carsten Jensen nimmt sie entgegen und gibt sie an Fräulein Løngren weiter, die nach wie vor die einzige ist, mit der ich in direktem Kontakt stehe. Ich schreibe Lieder für alle möglichen Jubiläen, und wenn ich drüben bin, um die Lohntüten zu verteilen, bedanken sich die Arbeiter verlegen, und ich erwidere ebenso verlegen, es gebe nichts zu danken. Ich schreibe Lieder und stenographiere wichtige Nachrichten an die Brüder oder Nachrufe auf verstorbene Brüder, die in der Mitgliedszeitung des St. Georgs-Orden abgedruckt werden. Das alles hat nicht viel mit Bürotätigkeiten gemein, aber in diese möchte Fräulein Løngren mich nun mal nicht einarbeiten, und als sie einmal im Urlaub war, brach der Laden fast zusammen, weil ich von nichts eine Ahnung hatte. Wenn ich achtzehn bin, möchte ich mich auf eine richtige Bürostelle bewerben anstatt auf einen Ausbildungsplatz. Dann würde ich auch viel besser bezahlt werden. Wenn ich achtzehn bin, wird sich die Welt in jeder Hinsicht verändern, und Nina und mir steht die ganze Nacht zur Verfügung. Dann muss ich zusehen, endlich meine Unschuld loszuwerden, das ist Nina ein großes Anliegen. Sie selbst war erst fünfzehn, als der Förster ihr die ihre nahm. Wenn wir abends ausgehen, zieht sie ihren Verlobungsring aus. Sie geht nur mit Männern ins Bett, die nicht arbeitslos sind, und ich habe ihr nichts weiter über Kurt erzählt. Das ist ein Erlebnis, das ich für mich behalten möchte. Hätte ich in einem eigenen Zimmer zur Miete gewohnt, hätte ich ihn mit hinaufgenommen. Ich weiß aber nicht, ob ich auch andere Jungen mitgenommen hätte, die ich im Hauseingang geküsst habe. Als Nina mir eines Tages wieder wegen meiner skandalösen Jungfräulichkeit in den Ohren liegt, sage ich zu ihr, dass ich erst einen Ring am Finger tragen möchte. Eigentlich hatte ich noch nie darüber nachgedacht, aber die Entscheidung erleichtert mich. In Wirklichkeit hatte es bisher ja ohnehin nur einen möglichen Kandidaten gegeben, der interessiert war, mir die Unschuld zu nehmen, was mich ein bisschen beschämt, denn Nina klingt, als wären alle darauf aus. Jetzt, da Tante Rosalia krank bei uns zu Hause liegt, interessiert sich meine Mutter viel weniger dafür, was ich treibe. Sie sitzt den ganzen Tag drinnen am Bett meiner Tante und redet und lacht, und abends geht sie früh ins Bett und liegt neben ihr und redet weiter, bis eine von beiden eingeschlafen ist. Mein Vater ist in ihrer Welt eher überflüssig geworden, und ich glaube, wenn meine Tante nicht im Sterben läge, wäre sie vollkommen glücklich. Tante Rosalia ist ganz gelb im Gesicht, und die Haut spannt so sehr über ihren Knochen, dass man die ganze Zeit an die Existenz ihres Schädels erinnert wird und sie den Mund nicht mehr ganz schließen kann. Wenn ich abends nach Hause komme und sie wach ist, ruft sie nach mir, und ich setze mich eine Weile an ihr Bett. Währenddessen halte ich die Luft an, weil ein schrecklicher Gestank über dem Bett hängt, und ich hoffe sehr, dass meine Tante ihn nicht riechen kann. Wenn sie Schmerzen hat, geht meine Mutter ins Café an der Ecke und ruft von dort eine

Krankenschwester an, die zu uns kommt und Tante Rosalia eine Morphiumspritze gibt. Danach ist sie ganz benebelt und verwechselt mich oft mit meiner Mutter. »Ich werde sterben, Alfrida«, sagt sie eines Abends zu mir, »das weiß ich. Ihr braucht es nicht vor mir zu verheimlichen.« »Nein«, protestiere ich unglücklich, »du bist nur krank. Der Arzt sagt, du wirst bald wieder gesund.« »Bei Carl war es genauso«, erwidert sie. »Der Arzt hat gesagt, ich darf es ihm nicht erzählen.« Ich antworte nicht. Stattdessen lege ich ihre abgemagerten Hände unter die Bettdecke, lösche das Licht und gehe zu mir hinüber, wo ich das Schnarchen meines Vaters durch den Cretonne-Vorhang höre. Ich hätte so gern aufrichtig mit meiner Tante gesprochen, denn ich bin mir sicher, sie hätte es zu schätzen gewusst, doch ich wage es nicht wegen meiner Mutter, die ihre traurige Komödie spielt, während meine Tante mitspielt und so tut, als wüsste sie von nichts. Ich denke, dass ich gerne die Wahrheit wissen würde, wenn ich eines Tages sterben muss. Ich denke auch, wenn ich wirklich einmal einen jungen Mann kennenlernen würde, den ich mag, könnte ich ihn gar nicht zu mir einladen, wie meine Mutter es sich immer wünscht, weil der Geruch meiner Tante die ganze Wohnung erfüllt. Kürzlich waren wir alle in Sydhavnen, um meinen Bruder und seine Frau zu besuchen. Sie haben eine Zweizimmerwohnung mit wenigen Möbeln, die auf Raten gekauft sind, was meinen Vater zu einer finsteren Miene veranlasste. Grete ist klein und mollig und fröhlich. Sie saß die ganze Zeit auf Edvins Schoß, während meine Mutter sie musterte, als sei sie ein Vampir, der früher oder später alle Energie aus ihrem Sohn saugen würde. Sie sprach auch kaum mit Grete, und die Unterhaltung verlief stockend, da meine Mutter es umständlich vermied, sie zu duzen. Ich bin meine Familie so leid, weil ich das Gefühl habe, ich würde ständig gegen sie stoßen, sobald ich mich frei bewegen möchte. Vielleicht kann ich mich auch gar nicht befreien, bevor ich heirate und eine eigene Familie gründe. Eines Abends, als wir im Café Lodberg über unserer Limonade sitzen, fordert ein junger Mann Nina auf und tanzt mit ihr davon, während ich wie immer mit meinem mütterlichen Lächeln sitzenbleibe und dabei zusehe, wie sich die Jugend amüsiert. Dann verbeugt sich ein junger Mann vor mir, und wir tanzen auf die überfüllte quadratische Fläche, die für diesen Zweck vorgesehen ist. Er summt mir zur Melodie ins Ohr: »Um den jungen Mann aus Rom, dideldum, kommt man nicht herum.« »Damit ist Mussolini gemeint«, sage ich. Das weiß ich zufällig, weil mein Bruder über das Lied verärgert war, das von Livia Weel gesungen wurde. »Wer ist das denn?«, fragt er, und ich behaupte, ich wisse es nicht. Im Grunde weiß ich auch bloß, dass es ein Mann wie Hitler ist, nur in Italien, und man ihm zu Ehren keine dänischen Lieder singen sollte. »Ihre Freundin tanzt mit meinem Kameraden«, sagt er. »Er heißt Egon. Und ich bin Aksel. Wie heißen Sie?« »Tove«, antworte ich. Aksel tanzt gut und wird dabei im Gegensatz zu den meisten anderen zu keiner Zeit aufdringlich. »Sie tanzen gut«, sagt er, »besser als die meisten anderen Mädchen.« Ich erzähle ihm, dass ich das Tanzen nie gelernt hätte, und er sagt, das spiele keine Rolle. Ich hätte den Rhythmus im Blut. Es kommt nur selten vor, dass die Jungen mit einem reden, während man mit ihnen tanzt, und ich mag Aksel, obwohl ich noch nicht beurteilen kann, wie er aussieht. Wir tanzen an Nina und Egon vorbei, ich lächle Nina zu, und Egon und Aksel grüßen einander. Als die

Musik aussetzt, fragt Aksel, ob sie sich zu uns setzen dürfen, und ich erlaube es. Ninas hübsche Augen strahlen vor Freude, als wir wieder zum Tisch kommen. Sie fragt mich, ob Egon nicht gut aussehen würde, und ich bestätige es. Er sei Zimmermann, erzählt sie, und wohnt auf Amager bei seiner Familie in einem Einfamilienhaus, und direkt gegenüber wohnt Aksel mit seinen Eltern, ebenfalls in einem Haus. Dann kommen die beiden zu uns und setzen sich, und ich betrachte Aksel eingehender. Er hat ein rundes, freundliches Gesicht, und alles an ihm erinnert daran, dass er einmal ein Kind war. Das blonde, gelockte Haar ist ein wenig feucht an der Stirn, die blauen Augen haben einen arglosen Ausdruck, und im Kinn hat er eine tiefe Spalte, die sich glättet, wenn er lacht. Ein schwacher Milchgeruch umgibt ihn. Egon ist kleiner als er, dunkelhaarig und wohl auch etwas älter. Nina fragt ihn, wie viele Zimmer das Haus seiner Eltern habe, und ich sehe ihr an, dass sie weit weg ist; in einem Traum von zwei Söhnen aus gutem Hause, die zwei arme Mädchen in ihre sorglose Welt emporheben. Vielleicht überlegt sie sogar schon, ob sie ihrem Förster den Laufpass geben soll. Ich habe den Eindruck, dass er ernst und schwermütig ist und Ninas Vorstellung von der gemeinsamen Zukunft auf dem Lande, die er ihr bieten soll, viel zu romantisch gefärbt. Wenn sie aufgekratzt ist, nennt sie ihn manchmal »der Busch«, anderen gestattet sie das allerdings nicht. Sie sehen sich jedes Wochenende, aber ich darf ihn nicht treffen. Er darf auch mich nicht treffen, weil sie fürchtet, er könnte finden, ich sei eine schlechte Gesellschaft für sie, genau wie meine Mutter meint, Nina hätte keinen guten Einfluss auf mich. »Und was machen Sie beruflich?«, fragt Nina Aksel, während wir das Bier trinken, das wir inzwischen bestellt haben. »Ich bin Inkassobevollmächtigter«, antwortet er und lächelt einnehmend. Ich weiß nicht, was das ist, aber Nina scheint ein bisschen enttäuscht. »Oh«, sagt sie. »Das heißt, Sie laufen durch die Gegend und treiben Rechnungen ein?« »Fahren«, korrigiert er sie etwas selbstgefällig. »Ich fahre in einem Auto durch die Gegend,« Ihr Gesicht erhellt sich ein wenig, und plötzlich schlägt sie vor, wir sollten uns alle duzen. Darauf stoßen wir an, und ich hätte viel lieber Limonade getrunken. Ich mag kein Bier. Als es schon nach zehn ist, sage ich beschämt, dass ich jetzt gehen muss. Aksel springt galant auf und knöpft seine Jacke zu, die an den Schultern zu weit ist. Er ist groß und hat auffällige X-Beine. Er fasst leicht meinen Arm, als wir hinausgehen, und in der Garderobe hilft er mir in die Jacke. Als wir durch die kühlen Straßen gehen, wo die Lichter der Stadt die Sterne überstrahlen, erzählt er mir, er sei ein Adoptivkind, und seine Eltern wären schon recht alt, aber sehr liebenswürdig. Zu meinem Erstaunen fragt er mich, ob ich nicht Lust hätte, einmal zu ihnen hinauszukommen und sie kennenzulernen. »Doch«, antwortete ich. »Ich hätte so gern eine feste Freundin«, sagt er kindlich und unverblümt. »Und meine alten Herrschaften hätten so gern, dass ich mich verlobe.« Zu Hause im Eingang küsst er mich vorschriftsmäßig, aber ich empfinde nichts Besonderes dabei, nicht einmal, als ich mich liebevoll an ihn schmiege. Er sagt: »Wir vier können es bestimmt lustig haben.« Ich bejahe es und verspreche, ihn am nächsten Sonntag zu besuchen. Er erkundigt sich neugierig, ob ich noch Jungfrau bin, was ich auch zugebe. Er nimmt meine Hand und schüttelt sie kräftig. »Das respektiere ich natürlich«, sagt er warmherzig. Enttäuscht und verwirrt gehe ich ins Bett. Ich überlege, ob man einen Inkassobevollmächtigten heiraten sollte. Ich habe den Verdacht, dass es nur ein vornehmeres Wort für einen Fahrradboten ist, bloß, dass er Auto fährt.

DREIZEHN

Aksel und ich verloben uns nach einer vierzehntägigen Bekanntschaft, in der wir einen so keuschen Umgang miteinander pflegen wie Geschwister. Nina hat Egon erzählt, dass ich erst mit Aksel ins Bett gehen möchte, wenn ich einen Ring am Finger trage, und Egon hat es Aksel weitererzählt, der mir die Verlobung vorschlägt, als wäre sie sein eigener spontaner Einfall gewesen. Jetzt bin ich ein verlobtes Mädchen, und meine Mutter ist entzückt. Sie findet, Aksel macht einen soliden Eindruck, und so, wie sie Edvins Frau anzusehen glaubt, sie könnte nicht kochen, meint sie Aksel anzusehen, er würde nicht trinken. Meiner Mutter gegenüber verhält er sich sehr galant, und jeder könne sehen, dass er ein kultivierter Mensch sei, sagt sie zu meinem Vater, der ihr nicht widerspricht. Nachdem wir einige gemeinsame Abende verbracht haben, sagt mein Vater allerdings: »Er hat ja nie etwas anderes gelernt als Autofahren.« »Aha«, erwidert meine Mutter verärgert, »und das ist dir wohl nicht gut genug? Kannst du etwa Auto fahren?« Aksel hat meiner Mutter versprochen, sie einmal auf eine seiner Fahrten mitzunehmen, und ich denke mir nichts dabei. Doch eines Tages ertönt draußen ein aufdringliches Gehupe, als ich nichtsahnend im Büro sitze, und Fräulein Løngren starrt aus dem Fenster. »Wer um alles in der Welt ist das?«, fragt sie verblüfft, »sie winken herein.« »Kennen Sie diese Leute?« Ich bestreite es mit hochrotem Kopf, denn Aksel und meine

Mutter winken wie verrückt und lehnen sich aus dem Fenster, während Aksel lange und rhythmisch auf die Hupe drückt. »Sie müssen die Leute obendrüber meinen«, sage ich beschämt. »So eine Frechheit«, sagt Fräulein Løngren und zieht die Gardinen zu. Als ich nach Hause komme, beschwere ich mich tobend über die dämliche Winkerei, aber meine Mutter sagt nur, Aksel und sie hätten den ganzen Tag einen solchen Spaß gehabt. Sie seien in der Konditorei gewesen, und Aksel habe sie eingeladen. Ihre Augen leuchten, als wäre sie seine Verlobte. Aksels Eltern sind beide klein und alt und unglaublich freundlich. Sie wohnen in einem Bungalow in Kastrup. Der Vater ist Werkmeister in einer Fabrik, und das ganze Haus atmet Wohlstand. Aksels Zimmer liegt unten im Keller. Er besitzt ein Radio und ein Grammophon und über dreihundert Platten, die wie Bücher in langen Regalreihen stehen. Nebenan gibt es ein Billardzimmer, wo wir alle vier Billard spielen, wenn Nina und Egon auch da sind. Aksels Eltern nennen ihn Assemann und behandeln ihn wie ein kleines Kind. Er geht sehr liebevoll mit ihnen um, genau wie mit mir. Er hat ein warmherziges Wesen, man fühlt sich in seiner Nähe wohl und geborgen. Eines Tages verkündet Nina, wir würden eine kleine Party bei Aksel feiern. Wir könnten den hausgemachten Süßwein seines Vaters trinken, das hätten Aksels Eltern uns erlaubt. Wir würden tanzen und Billard spielen, und anschließend müsse ich Aksel die Freude machen, mit ihm ins Bett zu gehen. »Wenn man etwas getrunken hat, tut es auch gar nicht weh«, sagt Nina ermutigend. Egon finde auch, dass es an der Zeit sei, erzählt Nina, und im Grunde ist es so, als würden Aksel und ich gar nicht gefragt. Wir sprechen nie darüber, und er verhält sich mir gegenüber immer noch beinahe übertrieben respektvoll. Nina und ich fahren gemeinsam dorthin. Aksel ist ein äußerst aufmerksamer Gastgeber. Er entkorkt Weinflaschen und legt Platten auf, und der Wein, der nicht annähernd so schrecklich schmeckt wie Bier, macht uns alle lustig. In den Tanzpausen sitzt Egon da und küsst Nina. Sie lacht und sagt: »Wenn das der Busch sehen könnte!«, denn sie hat Egon ihr Geheimnis verraten, der oft über den Busch scherzt, den er sich auf der Treppenstufe sitzend und Pfeife paffend vorstellt, wie er den Sonnenuntergang betrachtet. Wir lachen alle lauthals über dieses Klischee. »Und dann kommt Nina mit drei Rotzgören am Rockzipfel heraus,« führt Egon aus, vom Erfolg ermuntert, »wischt ihre Hände an der Schürze ab und sagt: Lieber Papi, jetzt ist es Zeit für den Kaffee!« Aksel küsst mich gar nicht, und während der Abend fortschreitet, wird er zunehmend ernst. Er tut mir beinahe leid, weil er mich in so vielem an ein Kind erinnert. Ich selbst bin schon ganz aufgekratzt vom Wein und wirklich darauf erpicht, dass es heute passiert. Es wird schon nicht schlimmer für mich sein als für die meisten anderen. Um kurz nach Mitternacht schleichen sich Nina und Egon ins Billardzimmer und schließen die Tür hinter sich. »Was macht ihr denn da?«, ruft Aksel ihnen vollkommen überflüssig hinterher. Dann sieht er mich unsicher und ängstlich an. »Tja«, sagt er, »dann muss ich wohl mal das Bett beziehen.« Er erledigt es mit langsamen, umständlichen Bewegungen. »Zieh deine Sachen aus«, bittet er mich gequält, »oder jedenfalls einen Teil davon.« Es ist fast wie ein Arztbesuch. »Wollen wir uns nicht erst ein bisschen unterhalten?«, frage ich. »Doch«, sagt er, und jeder von uns setzt sich auf einen Stuhl. Er schenkt unsere Gläser bis zum Rand voll, und wir leeren sie begierig. »Du solltest die Löcher in deinen Vorderzähnen füllen lassen«, sagt er behutsam.

»Ja«, sage ich verblüfft. Aber im Gegensatz zu dem heutigen Eingriff kostet es ja Geld, zum Zahnarzt zu gehen. »Ich kann es mir aber nicht leisten«, ergänze ich. Da bietet er an, die Rechnung zu übernehmen, und als ich erwidere, das könne ich nicht annehmen, sagt er, er müsse mich doch sowieso eines Tages versorgen. Daraufhin danke ich ihm und nehme das Angebot an. »Das ist nämlich schade«, erklärt er, »weil du ansonsten so hübsch bist.« Plötzlich ist aus dem Nebenzimmer ein befremdlicher Aufschrei zu hören, bei dem wir beide zusammenzucken. »Das ist Egon«, erklärt Aksel, »er ist so leidenschaftlich.« »Bist du es auch?«, frage ich vorsichtig, weil ich gern darauf vorbereitet sein will, wenn er ebenfalls losbrüllt. »Nein«, sagt er ehrlich, »ich bin nicht besonders leidenschaftlich.« »Ich glaube, ich bin es auch nicht«, gebe ich zu. In seinen Augen leuchtet ein Hoffnungsschimmer. »Wir könnten es doch auch auf ein anderes Mal verschieben?«, fragt er hoffnungsfroh. »Dann glauben sie, wir hätten nicht alle Tassen im Schrank«, sage ich und deute mit dem Kopf auf das Billardzimmer. »Stimmt. Tja, wir können ja schon mal das Licht ausmachen.« Aksel schaltet das Licht aus. Ich beiße die Zähne zusammen und liege da und lausche seinen warmen, freundlichen, beruhigenden Worten. Das Ganze ist nicht besonders schlimm, und er stößt keine animalischen Laute dabei aus. Anschließend schaltet er das Licht wieder ein, und wir lachen beide, weil wir so unendlich erleichtert sind, dass es vorbei ist und nicht der Rede wert war. »Ich muss dir gestehen«, sagt er, »dass ich vorher noch nie mit einer Jungfrau im Bett war.« Nina und Egon tauchen mit heißen Wangen und glänzenden Augen in der Tür auf. Sie blicken erst zum Bett und dann zu uns, und dann sehen sie sich an, als wäre das allein ihr Werk gewesen, aber es wird nicht darüber geredet. Wir tanzen weiter, denn wenn Aksel dabei ist, darf ich ruhig spät nach Hause kommen. Mit ihm darf ich alles, und selbst das, was heute passiert ist, würde meine Mutter nicht erschüttern, wenn sie es erfahren würde. Später fragt mich Nina, ob es schön gewesen sei, und ich bejahe es natürlich. Sie sagt, es werde mit jedem Mal besser, dabei war mir bisher gar nicht in den Sinn gekommen, dass man diese Prozedur auch noch wiederholen muss. In Wirklichkeit halte ich es für eine vollkommen unwesentliche Begebenheit in meinem Leben, nicht annähernd so bedeutsam wie meine Begegnung mit Kurt und das, was daraus hätte werden können. Trotzdem schrieb ich in mein Tagebuch, das ich führe, seit ich mein eigenes Zimmer bekommen habe: »Während sich Nina im Billardzimmer mit ihrem warmen, leidenschaftlichen Körper Egon hingab, beantwortete ich Aksels Frage, ob ich noch Jungfrau sei, mit einem klaren und unschuldigen Ja – usw.« Im Tagebuch ist alles die reinste Romantik. Ich bewahre es zu Hause im Schlafzimmer in der obersten Kommodenschublade auf, für die ich mir einen Schlüssel anfertigen lassen habe. In der Schublade liegen auch meine zwei »richtigen« Gedichte, drei Thermometer und fünf bis sechs Präservative. Letztere habe ich in der Firma für Medizinzubehör gestohlen, weil ich eine Weile mit dem Gedanken spielte, einen eigenen Laden zu eröffnen. Leider wurde ich gefeuert, bevor mein Lager groß genug war. Zu meiner großen Erleichterung behandelt Aksel mich weiter genau wie zuvor und erwähnt das peinliche Zwischenspiel nie. Ich glaube, er macht einfach alles, was Egon will, genau wie ich dazu neige, alles zu machen, was Nina will. Wenn ich mit Nina allein bin, tue ich so, als wären Aksel und ich oft zusammen, und vielleicht behauptet er Egon gegenüber dasselbe. Tagsüber fährt Aksel mit meiner Mutter durch die Gegend, die in seinem Lieferwagen sitzt und wartet, während er die Kunden heimsucht. Er ist bei einer Möbelfirma angestellt und erzählt, unter der Kundschaft seien viele Huren. Meine misstrauische Mutter hat bemerkt, dass er sich bei ihnen besonders lange aufhält, woraufhin er nur behauptet, bei ihnen sei das Geld eben besonders schwer einzutreiben. Meine Mutter sagt, ich solle ihm nicht über den Weg trauen, aber eigentlich ist es mir egal, ob er mit den Huren ins Bett steigt. Ich bin der Meinung, das gehe weder mich noch meine Mutter etwas an. Viel schlimmer ist, dass ich neuerdings eine gewisse Reserviertheit bei seinen Eltern wahrnehme, wenn ich bei ihnen bin. Ich kann mir nicht erklären, was ich ihnen getan habe. Mitunter ertappe ich seine Mutter dabei, wie sie mich mit scharfem Blick mustert, wenn sie glaubt, ich würde es nicht bemerken. Sie ist sehr klein und immer schwarz gekleidet, wie meine Großmutter, und sie hat kluge braune Augen und schlohweißes Haar. Ich habe sie noch nie ohne Schürze gesehen. »Hat Aksel dir versprochen, deine Zahnarztrechnung zu übernehmen?«, fragt sie mich eines Abends. »Ja«, antworte ich unangenehm berührt. »Er verdient aber nicht sonderlich viel«, erklärt die Mutter. »Ich fürchte, du musst sie selbst bezahlen.« Dann geschieht etwas Rätselhaftes. Eines Abends, als ich zum Essen eingeladen bin, treffe ich einige Zeit vor Aksel dort ein. Seine Eltern sind sehr ernst. Seine Mutter sagt, Aksel sei nicht der richtige Mann für mich. Er könne niemals eine eigene Frau versorgen, und ich sei zu gut für ihn. »Lass mich das erklären«, sagt sein Vater mit einer abwehrenden Handbewegung. »Die Sache ist die«, fährt er fort, »dass wir schon mehrmals Geld an die Möbelfirma zahlen mussten, weil es Unterschlagungen gab. Ich meine, wenn Aksel sich Geld angeeignet hat, das nicht ihm gehörte. Was finanzielle Dinge angeht, ist er wie ein Kind. Wir dachten, das würde sich bessern, wenn er sich mit einem anständigen Mädchen verlobt, aber es hat nichts geholfen. Er ist unser einziger Sohn und unser größter Kummer. Er hat elf Lehrstellen hingeschmissen und nichts anderes im Kopf als Autos und Grammophonplatten.« »Er ist ein guter Junge«, verteidigt die Mutter ihn und wischt sich die Augen, »aber leichtsinnig und verantwortungslos.« »Ich habe ihn gern«, sage ich. »Und ich brauche niemanden, der mich versorgt. Ich kann davon leben, Gedichte zu schreiben.« Der letzte Satz rutscht mir versehentlich heraus, und ich werfe Aksels Eltern einen erschrockenen Blick zu. Sie scheinen nicht besonders verwundert. »Ich wusste, dass du kein gewöhnliches Mädchen bist«, sagt die Mutter. »Das merkt man dir an.« Dann kommt Aksel angebraust und bremst mit quietschenden Reifen in der Kieseinfahrt. Er fährt oft mit dem Firmenwagen nach Hause. Während er an der Tür klingelt, sagt seine Mutter: »Jetzt kannst du nicht sagen, wir hätten dich nicht gewarnt.« Ich denke einige Tage darüber nach und bin sehr glücklich darüber, dass man mir anmerken kann, dass ich nicht gewöhnlich bin. Vor nicht allzu langer Zeit hat es mich noch unglücklich gemacht. Ich denke viel über meinen Verlobten nach und komme zu dem Schluss, dass er sich nicht als Lebensgefährte eines Mädchens eignet, das einmal Zugang zu höheren Kreisen haben möchte. Allerdings bringe ich es auch nicht über mich, die Verlobung zu lösen. Es tut mir leid um Aksel, der nach wie vor galant und freundlich respektvoll zu mir ist. Doch auch meine Mutter wundert sich zunehmend darüber, dass Aksel immer gut bei

Kasse ist und so lange bei den Huren bleibt. Sie begleitet ihn nicht länger im Auto und empfiehlt mir, ich solle mir einen anderen Mann suchen, einen wie Erling, der Lehrer werden wollte, und den ich so leichtfertig abservierte, als könnte ich mich vor Verehrern nicht retten. Nina befindet sich in einer ernsten Krise, weil sie überlegt, mit dem Busch schlusszumachen und Egon zu heiraten. Als ich ihr erzähle, was ich über Aksel weiß, rät sie mir, ich solle ihn in die Wüste schicken, sobald meine Zahnbehandlung beendet ist. Die Plomben sind beinahe unsichtbar, und wenn alle Zähne gemacht sind, kann ich jeden haben, meint Nina. Jetzt hätte ich auch endlich ein paar Kurven, sagt sie, auch darauf würden die Männer anspringen. Doch ich bin so glücklich, wenn ich mit Aksel zusammen bin, denn ich mag ihn wirklich. Glücklich und geborgen, so fühle ich mich in seiner Nähe. Ich komme nicht mehr zu seinen Eltern, und er kommt nicht mehr zu meinen. Meine Mutter behandelt ihn inzwischen abweisend, und mein Vater stellt ihm Fragen, die nur dazu dienen sollen, sein Unwissen vorzuführen. »Na, was sagst du zur Olympiade?«, fragt er. »Ist das nicht ein Skandal?« Es geht um die Olympiade in Berlin, an der unsere Schwimmerinnen teilnehmen, aber Aksel weiß nichts über die Olympiade. Er weiß auch nur wenig über Hitler und die Lage der Welt, und er hat nicht *Der letzte Zivilist* von Ernst Glaeser gelesen. Ich schon, deshalb weiß ich viel über die Judenverfolgung und die Konzentrationslager, und all das erfüllt mich mit Angst. Es ist so behaglich, mit Aksel zusammen zu sein, weil er nichts von alldem ahnt, was einen Menschen in diesen Zeiten das Fürchten lehren kann. Deshalb muss er noch lange nicht dumm sein, aber mein Vater nimmt ihn nur ins Kreuzverhör, um zu beweisen, dass er es ist. Aksel merkt es auch und hört auf, meine Eltern zu besuchen. Daraufhin sind wir obdachlos, wenn wir uns treffen wollen, und haben nur die Restaurants und die Straßen. Eines Tages holt er mich vom Büro ab, und wir spazieren schweigend den H. C. Ørstedsvej entlang. Ich merke die ganze Zeit, dass er etwas auf dem Herzen hat, und dann rückt er endlich damit heraus. »Ich habe überlegt«, sagt er, »ob wir nicht unseren Ring abnehmen sollten. Ich war nämlich nie in dich verliebt.« »Und ich«, erwidere ich, »war auch nie in dich verliebt.« »Nein«, sagt er, »das weiß ich.« Aus lauter Scham macht er ausholende Schritte, und ich muss nebenhereilen, um mitzuhalten. »Jetzt bin ich ja auch bald achtzehn«, sage ich und weiß gar nicht, was das mit der Sache zu tun hat. »Ja«, sagt er, »dann bist du mündig.« Wir gehen eine Weile schweigend nebeneinander her. »Meine Mutter«, fährt er fort, »sagt auch, du wärst zu gut für mich. Du solltest jemanden heiraten, der viel Geld hat und Bücher liest und so was.« »Ja«, sage ich, »das habe ich auch vor.« Zu Hause im Hauseingang küsst er mich zärtlich und dreht den Ring von seinem Finger. Er steckt ihn in seine Hosentasche, und meinen auch. »Vielleicht«, sagt er, »sehen wir uns wieder.« Seine kurzen, steifen Wimpern kitzeln ein letztes Mal meine Wange. Dann geht er mit seinen X-Beinen und seinem schmächtigen Jungenrücken durch die Westend davon. Er dreht sich um und winkt mir zu. »Tschüss«, ruft er. »Tschüss«, rufe ich zurück und winke auch. Anschließend gehe ich hinauf und hole tief Luft, ehe ich den Schlüssel ins Türschloss stecke, denn der Geruch wird immer schlimmer. Ich gehe zu meiner Mutter und Tante Rosalia hinein. »Jetzt bin ich nicht mehr verlobt«, sage ich. »Das ist gut«, sagt meine Mutter. »Er taugte ja auch zu nichts.« »Doch«, sage ich, und dann schweige ich. Ich kann meiner

Mutter nicht erklären, dass Aksel zu etwas taugte. »Jeder Mensch taugt zu etwas, Alfrida«, sagt meine Tante sanft von ihrem Bett aus. Und wir wissen beide, dass sie an Onkel Carl denkt.

VIERZEHN

Als ich eines Morgens um die Ecke der Wohnstraße in Frederiksberg biege, in der die Druckerei liegt, sehe ich, dass die Flagge in dem kleinen Vorgarten vor dem Bürogebäude auf Halbmast hängt. Mein erster Gedanke ist, Fräulein Løngren wäre tot, was mich mit einer abgründigen Freude erfüllt. Dann darf ich endlich den Klappenschrank bedienen und ans Telefon gehen. Und ich kann Nina anrufen, so oft ich will. Leicht beschwingt gehe ich die Treppe hinauf, doch als ich zur Tür hineintrete, sitzt Fräulein Løngren wie immer auf ihrem Platz und putzt sich laut trompetend die Nase, die so rot ist, als hätte sie zu lange in der Sonne gesessen. »Der Meister ist gestorben«, sagt sie mit gebrochener Stimme, »ganz plötzlich. Er war mit seinen Brüdern in der Loge. Mitten in einer Rede ist er vornüber auf den Tisch gesackt. Ein Herzinfarkt, man konnte nichts mehr für ihn tun.« Ich setze mich auf meinen Stuhl und sage nichts. Der Meister war ein wortkarger Mann, vor dem alle Angst hatten, selbst seine Söhne. Es fiel ihm schwer, sich schriftlich auszudrücken, und in den Briefen an die Brüder und den Nachrufen auf sie schmückte ich die Sprache immer ein wenig aus, weil er sich nicht erinnern konnte, was er diktiert hatte. Abgesehen von seinen Diktaten hatte er nie mit mir gesprochen. Fräulein Løngren starrt mich vorwurfsvoll an, während ich die Arbeitslisten übertrage. »Sie könnten wenigstens kondolieren«, sagt sie. »Was ist das?«, frage ich. Sie lässt sich nicht zu einer Erklärung herab, sondern liest stattdessen Zeitung. »Haben Sie König Edwards Abdankungsrede gehört?«, fragt sie. »So anrührend! Einer Frau zuliebe auf den Thron zu verzichten! Und er ist so ein ansehnlicher Mann. Ihn hat Ingrid nicht um den Finger wickeln können.« »Er sieht Leslie Howard ähnlich«, erdreiste ich mich zu sagen, und jetzt muss sie fragen, wer das ist. Sie zeigt mir ein Bild von Mrs. Simpson und sagt: »Nur seltsam, dass er sich in eine reifere Dame verliebt hat. Ich hätte es eher nachvollziehen können, wenn es ein junges Mädchen gewesen wäre.« Sie fährt sich mit den Fingern durch ihre Jungfernfrisur, als würde sie der Gedanke streifen, dass die Welt mehr Verständnis für ihn gehabt hätte, wenn seine Auserwählte Fräulein Løngren wäre. »In jungen Jahren sah er sehr gut aus«, sagt sie versonnen und meint plötzlich den Meister. »Carl Jensen sieht ihm ähnlich, finden Sie nicht? Für die Beerdigung werde ich mir ein schwarzes Kostüm kaufen, das bin ich ihm schuldig. Was werden Sie tragen? Ach, Sie können ja dasselbe Kostüm wie immer anziehen, schließlich ist Frühling.« Der Todesfall und die Abdankung haben sie redselig gemacht. Sie sagt, jetzt stünden sicher große Veränderungen bevor, und diese Veränderungen würden garantiert zu meiner Entlassung führen. Es sei nämlich einzig und allein die Idee des Meisters gewesen, mich überhaupt einzustellen. Diese schönen Aussichten stimmen mich glücklich und zuversichtlich. Nur noch ein halbes Jahr, dann bin ich achtzehn, und es wird höchste Zeit, dass ich von zu Hause ausziehe. Die Luft zum Atmen wird in jeder Hinsicht knapper. Tante Rosalias Tage sind gezählt, und ihre munteren Gespräche mit meiner Mutter haben ganz aufgehört. Meine Tante ist nicht mehr in der Lage, Nahrung aufzunehmen, und hat große

Schmerzen. Mein Vater schleicht herum wie ein Verbrecher, weil meine Mutter ihn anfaucht, sobald er ihr unter die Augen tritt. Edvin und Grete waren noch nie bei uns zu Hause, weil meine Mutter in ihrem sorgenvollen Zustand keine zusätzlichen häuslichen Anstrengungen verkraftet. Nachts schläft sie nur wenig, weshalb ich mir einen eigenen Wecker angeschafft habe und mir morgens selbst Kaffee koche. All meine Abende verbringe ich mit Nina, die nach einem inneren Kampf die Beziehung zu Egon beendet hat, weil sie doch lieber gemeinsam mit dem Busch auf dem Land leben möchte. Und fast jede Nacht stehe ich, nachdem die Restaurants geschlossen haben, im Hauseingang und küsse irgendeinen jungen Mann, der in der Regel arbeitslos ist und den ich nie wiedersehe. Irgendwann kann ich sie nicht mehr auseinanderhalten. Doch ich fange an, mich nach der innigen Zusammengehörigkeit mit einem anderen Menschen zu sehen, die man Liebe nennt. Ich sehne mich nach der Liebe, ohne sie zu kennen. Ich glaube, dass ich ihr begegnen werde, wenn ich nicht mehr zu Hause wohne. Und dass der Mann, den ich lieben werde, anders sein muss als alle anderen. Wenn ich mir Herrn Krogh in Erinnerung rufe, finde ich nicht einmal, dass er jung zu sein braucht. Er braucht auch nicht besonders gut aussehen. Aber Gedichte soll er mögen und mich dabei beraten, wie ich mit meinen verfahren soll. Nachdem ich mich von dem Jungen der Nacht verabschiedet habe, schreibe ich Liebesgedichte in mein Tagebuch, das inzwischen das Poesiealbum meiner Kindheit abgelöst hat. Einige davon sind gut, andere weniger. Ich habe gelernt, den Unterschied zu erkennen. Doch ich lese nicht mehr so viele andere Gedichte, denn dann schreibe ich allzu leicht etwas, das ihnen gleicht. Die Beerdigung des Meisters ist eine schreckliche Qual für mich. Carl Jensen hält auf dem Friedhof eine Rede für die Arbeiter und die Familie. Der Wind trägt seine Worte in eine andere Richtung, und ich verstehe rein gar nichts. Als jüngste und unwichtigste Angestellte stehe ich ganz hinten, und neben mir steht eine Kaltmamsell, die hochschwanger ist. Es fängt an zu regnen, ich friere in meinem Kostüm. Plötzlich ereilt mich der Gedanke, auch ich könnte schwanger sein, und es ist sonderbar, dass ich nicht früher darüber nachgedacht habe. Aksel offenbar auch nicht. Woher weiß man, ob man schwanger ist? Plötzlich finde ich, alle möglichen Zeichen könnten darauf hindeuten, und wenn es so ist, wüsste ich nicht, was zu tun wäre. Nina hat mir anvertraut, sie könne keine Kinder bekommen, sonst wäre es längst passiert. Sie sagt, die Kerle würden nie aufpassen, es sei ihnen völlig egal. Ich denke an meine Mutter, die immer sagt, ich solle ihr bloß nicht mit einem Kind nach Hause kommen, vor allem aber denke ich, dass es mich an meiner ungewissen Wanderung zu einem ebenso ungewissen Ziel hindern wird. Ich hätte zu gern ein kleines Kind, aber nicht jetzt. Die Dinge sollen in der richtigen Reihenfolge kommen. Als die Rede beendet ist und alle zum Leichenschmaus gehen, sage ich zu Fräulein Løngren, ich müsse nach Hause, weil meine Tante im Sterben liege. Sie sieht aus, als würde sie mir nicht glauben, aber das ist mir egal. Ich stürze nach Hause und betrachte mich im Spiegel im Flur. Ich finde, ich sehe schlecht aus. Ich betaste meine Brust und finde, dass sie schmerzt. Ich denke an Sahnetörtchen und finde, dass mir übel ist. Ich streiche über meinen flachen Bauch und finde, er ist gewachsen. Um fünf stehe ich in der Pilestræde vor dem Gebäude von *Berlingske Tidende* und warte auf Nina. Ich vertraue ihr meine Befürchtung an, und sie sagt, ich soll einen Arzt aufsuchen. Am nächsten Tag melde ich mich krank und gehe zu dem alten, boshaften Doktor Bonnesen, bei dem ich mit Mühe und Not mein Anliegen hervorstammele. »Damit hätten Sie ja wohl schon rechnen können, bevor Sie so übermutig wurden«, sagt er genervt. Er gibt mir eine Urinflasche mit, die ich am nächsten Morgen gefüllt wieder abliefere. In den darauffolgenden Tagen fragt Fräulein Løngren, wo ich mit meinen Gedanken bin, weil ich nicht richtig zuhöre. Ihre eigenen Gedanken springen ständig zwischen dem Meister und dem Herzog von Windsor hin und her. Ich spüre ihren stechenden Blick wie einen physischen Schmerz und hoffe inständig auf die versprochene Entlassung. Einige Tage darauf erfahre ich endlich, dass ich nicht schwanger bin, und meine Erleichterung ist enorm. »Ich habe eine romantische Veranlagung«, gesteht Fräulein Løngren, während sie in einer Illustrierten blättert, die voller Bilder mit den berühmtesten Paaren der Welt ist. »Deshalb kann ich über so etwas weinen. Sie etwa nicht? Sind Sie denn gar nicht romantisch?« Hinter solchen Fragen verbirgt sich immer ein Vorwurf, und ich versichere ihr schnell, ich sei überaus romantisch. Bei diesem Wort muss ich an Beduinen und Krummsäbel denken, an Mondscheinnächte am Fluss, an dunkelblaue, sternenklare Nächte. Ich denke an Einsamkeit und einen totalen Mangel an Familie und Verwandtschaft, an eine Dachkammer mit einem Talglicht und einer über das Papier kratzenden Feder und an einen Mann, dessen Gesicht und Name für mich bisher im Verborgenen liegt. »Ja«, sagt Fräulein Løngren nachdenklich, »ich denke auch, dass Sie es sind. Sonst könnten sie nicht solche schönen Lieder schreiben.« Sie sagt auch: »Warum lassen Sie sich nicht als Gelegenheitsdichterin nieder? Damit könnten Sie eine Menge Geld verdienen.« Für einen kurzen Moment stelle ich mir vor, ich hätte zu Hause im Fenster ein Schild stehen. »Verfasse Lieder für jeden Anlass«. Und darunter mein Name. Aber meine Mutter würde bestimmt nichts von einem solchen Schild im Fenster halten. Eines Nachts, kurz nach der Beerdigung des Meisters, werde ich von ihr geweckt. »Komm«, sagt sie, »ich glaube, es ist so weit.« Ihr Gesicht ist in Tränen aufgelöst. Meine Tante bäumt sich auf und wirft so heftig den Kopf zurück, dass die harten Sehnen an ihrem Hals unter der gelben Haut wie gespannte Taue aussehen. Sie röchelt unheimlich, und meine Mutter flüstert, sie sei nicht bei Bewusstsein. Doch ihre Augen sind geöffnet und rollen in den Höhlen herum, als wollten sie hinausspringen. Meine Mutter sagt, ich solle einen Arzt rufen. Ich ziehe mir schnell etwas über und benutze das Telefon im Café an der Ecke, wo Bing und Bang im Hintergrund lärmen. Der Arzt ist ein freundlicher Mann, der lange neben dem Bett stehen bleibt und traurig meine Tante betrachtet. »Sollen wir ihr die letzte geben?«, sagt er wie zu sich selbst, während er die Spritze aufzieht. »Ja«, bittet meine Mutter, »es ist schrecklich, sie so leiden zu sehen.« »Jaja.« Er sticht sie in das abgemagerte Bein, und kurz darauf entspannen sich ihre Muskeln. Ihre Augen fallen zu, und sie versinkt im Schlaf und schnarcht. »Danke«, sagt meine Mutter zum Arzt und begleitet ihn zur Tür, ohne an ihr zerknittertes Nachthemd zu denken. Dann sitzen wir gemeinsam am Sterbebett, und keiner von uns kommt darauf, meinen Vater zu wecken. Tante Rosalia gehört uns und ist nur eine Nebenfigur in seinem Leben. Später in der Nacht hört meine Tante auf zu schnarchen, und meine Mutter legt ein Ohr an ihren Mund, um zu hören, ob sie noch atmet. »Es ist vorbei«, sagt sie, »Gott sei Dank hat sie ihren Frieden gefunden. Sie setzt sich zurück auf den Stuhl und sieht mich mit hilflosem Blick an. Es tut mir sehr leid für sie, und ich habe das Gefühl, ich müsste sie liebkosen und küssen, was vollkommen unmöglich ist. Ich kann nicht einmal weinen, wenn sie zusieht, obwohl ich jetzt schon weiß, dass sie eines Tages sagen wird, ich hätte keine Träne vergossen, als meine Tante starb. Sie wird es als Zeichen meiner Herzlosigkeit anführen, und vielleicht wird sie es erwähnen, wenn ich bald von zu Hause ausziehe. Ich habe ihr nie erzählt, dass ich es vorhabe. Wir sitzen eng beieinander, aber zwischen unseren Händen liegen Kilometer. »Ausgerechnet jetzt«, sagt meine Mutter, »wo sie endlich ihr Leben genießen sollte.« »Ja«, sage ich, »aber sie leidet nicht mehr.« Trotz des späten Zeitpunkts kocht meine Mutter Kaffee, und wir setzen uns zu mir hinein und trinken ihn. »Morgen muss ich zu Tante Agnete, um es ihr zu erzählen«, sagt meine Mutter. »Sie hat Rosalia in all der Zeit, in der sie hier war, nur dreimal besucht.« Wenn meine Mutter anfängt, über anderer Leute Verhalten zu schimpfen, hat sie die schlimmste Verzweiflung überstanden. Sie spricht darüber, wie Tante Agnete sie schon, als sie Kinder waren, immer im Stich ließ, wenn es darauf ankam. Sie verpetzte die anderen beiden andauernd, und sie hielt sich stets für etwas Besseres. Ich lasse meine Mutter reden und brauche selbst nicht viel zu sagen. Ich bin traurig über Tante Rosalias Tod, aber nicht so sehr, wie ich es als Kind gewesen wäre. In dieser Nacht schlafe ich trotz des Krachs von Bing und Bang bei offenem Fenster und freue mich, dass der faulige, drückende Gestank endlich aus der Wohnung entweicht. Wenn man stirbt, schläft man keineswegs sanft ein, wie ich einmal dachte. Der Tod ist brutal, hässlich und übelriechend. Ich schlinge die Arme um mich und bin froh über meine Jugend und meine Gesundheit. Davon abgesehen ist meine Jugend aber nichts als ein Mangel und ein Hindernis, das ich nicht schnell genug überwinden kann.

FÜNFZEHN

»Wir sind nur deinetwegen umgezogen«, klagt meine Mutter verbittert, »damit du dein eigenes Zimmer zum Dichten bekommst. Aber das kümmert dich nicht. Und jetzt ist dein Vater wieder arbeitslos. Wir können nicht auf deinen Beitrag zur Miete verzichten.« Mein Vater setzt sich auf dem Sofa auf und reibt sich die Augen. »Doch«, sagt er gereizt, »das können wir. Wenn man seine Kinder nicht entbehren kann, ist man wirklich arm dran. Man opfert sich für sie auf, und genau dann, wenn sie einem ein bisschen Freude zurückgeben könnten, verschwinden sie. Bei Edvin war es doch genauso.« »Bei Edvin war es etwas anderes«, sagt meine Mutter, »er ist ein Junge.« Sie sagt es aus purer Lust am Widerspruch, und ich atme ein wenig auf, denn jetzt findet der Streit zwischen ihnen statt. Wir sitzen im Esszimmer beim Mittag. Wegen der wechselnden Arbeitszeiten meines Vaters haben wir uns angewöhnt, um 12 Uhr eine warme Mahlzeit einzunehmen, obwohl es mittlerweile völlig egal ist. Ich bin nämlich auch arbeitslos. Vierzehn Tage vor meinem Geburtstag wurde mir im Büro gekündigt. Aber ich habe eine neue Stelle gefunden, die ich übermorgen antrete, und auch ein Zimmer. Dort ziehe ich morgen ein, und jetzt habe ich es meinen Eltern gesagt. Während ich die Teller hinaustrage, zanken sie sich darüber. »Sie ist herzlos«, sagt meine Mutter, »genau wie mein Vater. In der Nacht, als Rosalia starb, hat sie stocksteif dagesessen, ohne eine einzige

Träne zu vergießen. Das war richtig unheimlich, Ditlev.« »Nein«, knurrt mein Vater, »im Grunde ist sie nicht verkehrt. Du hast unsere Kinder nur vollkommen falsch erzogen.« »Und du«, schreit meine Mutter, »hast du sie etwa nicht erzogen? Dazu, Sozialisten zu werden und sich mit Staunings Bart ihre Rotznasen abzuputzen. Nein, seit Rosalia tot ist und jetzt, wo Tove auch noch auszieht, habe ich nichts mehr zu leben. Du liegst immer nur da und schnarchst, ob du eine Arbeit hast oder nicht. Das ist sterbenslangweilig.« »Und du«, entgegnet mein Vater rasend, »hast nichts anderes im Kopf als das Königshaus und deine Familie. Solange du ständig zum Friseur rennen kannst, ist es dir egal, ob dein Mann hungert.« Jetzt heult meine Mutter zum Glück vor Zorn und nicht mehr aus Trauer über meinen Auszug. »Mann!«, kreischt sie, »einen Witz von einem Mann habe ich. Du willst mich ja nicht mal mehr anfassen. Aber ich bin noch keine hundert Jahre alt, und es gibt genügend andere Männer auf dieser Welt.« Rumms! Sie schlägt die Tür zum Schlafzimmer hinter sich zu, wo sie sich auf das Bett wirft und so heftig weiterschluchzt, dass es bestimmt im ganzen Haus zu hören ist. Ich nehme die Decke vom Tisch und lege sie zusammen. Seit wir in einem besseren Viertel wohnen, benutzen wir nicht mehr den *Social-Demokraten* als Tischdecke, und ich bleibe davon verschont, Anton Hansens düstere Zeichnungen über Nazideutschland zu sehen. Mein Vater reibt sich kräftig mit der Hand über das Gesicht, als wollte er all seine Züge verschieben, und sagt müde: »Mutter ist in einem schwierigen Alter. Sie hat schwache Nerven. Das solltest du bedenken.« »Ja«, sage ich unangenehm berührt, »aber ich würde gern mein eigenes Leben führen. Ich wäre gern einfach nur für mich.« »Dafür hast du doch dein Zimmer«, sagt er. »Da kannst du für dich sein und so viele Gedichte schreiben, wie du willst.« Ich hasse es, wenn er meine Gedichte erwähnt, ich kann nicht erklären, warum. »Es ist nicht nur das«, erwidere ich auf dem Weg hinter meinen Vorhang. »Ich hätte auch gern einen Ort, an den ich meine Freundinnen einladen kann.« »Ach ja, das möchte deine Mutter natürlich nicht«, sagt er und reibt sich erneut das Gesicht. »Aber du musst immer gut auf dich achtgeben.« »Ja«, verspreche ich und schlüpfe endlich hinüber in mein Zimmer. Dort packe ich meine wenigen Besitztümer zusammen, nur die Kommodenschublade im Schlafzimmer kann ich erst räumen, wenn meine Mutter wieder ins Wohnzimmer gegangen ist. Ich habe ein Zimmer in Østerbro gewählt, denn ich finde, mein Umzug wäre nicht vollkommen, wenn ich in Vesterbro bliebe. Ich kann die Vermieterin nicht ausstehen, habe das Zimmer aber trotzdem genommen, weil es nur 40 Kronen im Monat kostet. Ich zahle immer noch meinen Wintermantel und die Zahnarztrechnung ab und werde wohl trotzdem mit meinem Geld auskommen, weil ich in der Währungszentrale der Dänischen Nationalbank 100 Kronen im Monat verdienen werde. Meine Vermieterin ist groß und schwer. Sie hat wirres, gebleichtes Haar und eine dramatische Attitüde, als würde sie jeden Moment mit einer Katastrophe rechnen. In ihrem Wohnzimmer hängt ein großes Porträt von Hitler. »Schauen Sie nur«, hatte sie gesagt, als ich das Zimmer anmietete, »ist er nicht ein schöner Mann? Eines Tages wird er die ganze Welt regieren.« Sie ist Mitglied in der DNSAP und fragt, ob ich nicht eintreten möchte, weil sie auch die dänische Jugend für sich gewinnen wollten. Ich lehne es ab und sage, ich würde nichts von Politik verstehen. Es geht mich ja auch nichts an, was sie denkt.

Hauptsache, das Zimmer ist billig. Am nächsten Tag ziehe ich ein. Ich fahre mit der Straßenbahn dorthin, mit meinem Koffer und meinem Wecker, der nicht mehr in den Koffer hineingepasst hat. Zwischen zwei Haltestellen fängt er plötzlich an zu klingeln, und ich grinse dämlich, während ich ihn ausstelle. Es ist ein sehr eigenwilliger Wecker, der nur von mir bedient werden will. Er ist mürrisch und asthmatisch wie ein alter Mann, und wenn er allzu schwerfällig und knirschend läuft, schleudere ich ihn auf den Boden. Dann tickt er wieder sanft und freundlich. Die Vermieterin empfängt mich in demselben locker gebundenen Kimono, den sie auch bei unserer ersten Begegnung trug, und sieht genauso dramatisch aus. »Sie sind doch hoffentlich nicht verlobt?«, fragt sie und greift sich ans Herz. »Nein«, antworte ich. »Gottseidank!« Sie atmet erleichtert auf, als hätte sie eine gefährliche Situation überstanden. »Männer! Ich war auch mal verheiratet, Kindchen. Er hat mich grün und blau geschlagen, wenn er betrunken war, und dann musste ich ihn auch noch durchbringen. In Deutschland wäre das nicht möglich, Hitler würde so etwas nicht dulden. Wenn die Leute nicht arbeiten wollen, kommen sie ins Konzentrationslager. Klingelt dieser Wecker sehr laut? Ich habe grässliche Schlafstörungen, und die Wohnung ist äußerst hellhörig.« Mein Wecker klingelt so laut, dass man die ganze Stadt damit wecken könnte, aber ich beteure, er sei so gut wie lautlos. Endlich lässt sie mich allein, und ich kann in Ruhe mein neues Zuhause in Augenschein nehmen. Das Zimmer ist ziemlich klein. Es gibt einen Diwan mit geblümtem Bezug, einen Sessel im gleichen Stil, einen Tisch und eine alte Kommode mit schiefen, lockeren Beschlägen an den Schubläden. In der einen steckt sogar ein Schlüssel, so dass ich wirklich etwas für mich habe. In einer Ecke hängt ein Vorhang mit einer Stange dahinter, die als Kleiderschrank dienen soll. Dort stehen auch eine angeschlagene Waschschüssel und ein Krug. Davon abgesehen ist es hier genauso eiskalt wie in Ninas Zimmer, und es gibt keinen Kachelofen. Als ich meine Kleidung hinter dem Vorhang aufgehängt habe, gehe ich los und kaufe hundert Bögen Schreibmaschinenpapier. Anschließend miete ich von meinem letzten Zehnkronenschein eine Schreibmaschine, die ich auf dem wackeligen Tisch platziere, als ich wieder zurück bin. Ich ziehe den Sessel heran, doch als ich Platz nehmen will, bricht die Sitzfläche durch. Alles, was ich für meine 40 Kronen verlangt habe, waren ein Tisch und ein Stuhl, aber vielleicht muss man dafür in eine höhere Preiskategorie wechseln. Ich gehe hinaus und klopfe an die Tür zum Wohnzimmer, wo meine Vermieterin sitzt und Radio hört. »Frau Suhr«, sage ich, »der Sessel ist kaputtgegangen. Könnte ich mir einen ganz normalen Stuhl ausleihen?« Sie starrt mich an, als hätte ich ihr eine Hiobsbotschaft überbracht. »Kaputt?«, fragt sie. »Das war ein ausgezeichneter Sessel. Den habe ich schon seit meiner Hochzeit.« Sie stürzt ins Zimmer, um den Schaden zu inspizieren. »Sie müssen mir fünf Kronen Schadensersatz zahlen«, sagt sie dann und streckt die Hand aus. Ich sage, ich hätte erst am ersten des Monats wieder Geld. Dann werde sie es auf die Miete aufschlagen, sagt sie wütend. Ich laufe ihr nach, als sie wieder hinausgeht, und bettele sie um einen ganz normalen Stuhl an. »Man wird ausgenommen wie eine Weihnachtsgans«, stöhnt sie und massiert sich erneut das Herz, »es lohnt sich wirklich nicht, ein Zimmer zu vermieten. Bestimmt schleppen Sie mir am Ende auch noch irgendwelche Kerle in die Wohnung.« Sie wirft Hitler einen hilfesuchenden Blick zu, als könnte er die

Kerle persönlich wieder hinausbefördern. Dann geht sie in das andere Zimmer, wo eine Reihe von harten, rechteckigen Stühlen an einer Wand steht. »Hier«, sagt sie gereizt, während sie den marodesten Stuhl heraussucht, »nehmen Sie den.« Ich bedanke mich höflich und trage ihn in mein Zimmer. In seiner Höhe passt er gut zum Tisch. Dann fange ich an, meine Gedichte ins Reine zu schreiben, und es ist, als würden sie dadurch besser. Bei dieser Arbeit komme ich zur Ruhe, und der Traum davon, dass einmal ein Buch daraus werden könnte, entfaltet sich in stärkeren, klareren Farben als früher. Plötzlich steht die Vermieterin in der Tür. »Dieses Ding da«, sagt sie und deutet auf die Schreibmaschine, »veranstaltet einen grässlichen Lärm. Das klingt wie ein Maschinengewehr.« »Ich bin gleich fertig«, sage ich. »Normalerweise schreibe ich auch nur abends.« »Na dann.« Sie schüttelt ihr blondes Haupt. »Aber nicht nach elf. Die Wohnung ist wie gesagt schrecklich hellhörig. Sagen Sie mal, hätten Sie nicht Lust, heute Abend Hitlers Rede mit anzuhören? Ich höre mir alle seine Reden an, sie sind so wunderbar. Männlich, entschlossen, kraftvoll!« Sie öffnet begeistert die Arme, so dass man ihre ausladende Brust sehen kann. »Nein«, sage ich erschrocken, »ich … glaube, ich bin heute Abend nicht zu Hause.« Ich bin aber doch zu Hause, weil Nina Besuch von ihrem Förster hat, und dann habe ich keinen Ort, an den ich gehen kann. Ich sitze frierend da, obwohl ich meinen Mantel trage, und kann mich nicht auf das Schreiben konzentrieren, weil Hitler durch die Wand brüllt, als würde er direkt neben mir stehen. Die Rede ist laut und kreischend und macht mir große Angst. Er spricht über Österreich, und ich knöpfe meinen Mantel bis zum Hals und ziehe meine Zehen ein. Ständig wird er von rhythmischen Heil-Rufen unterbrochen, und es gibt keine Ecke im Zimmer, wo ich ihm entkommen kann. Als die Rede vorbei ist, kommt Frau Suhr mit glänzenden Augen und hektisch geröteten Wangen herein. »Haben Sie ihn gehört?«, ruft sie verzückt, »konnten Sie verstehen, was er gesagt hat? Eigentlich braucht man es ja gar nicht zu verstehen. Es geht einem unter die Haut wie ein Dampfbad. Ich habe jedes Wort in mich aufgesogen. Möchten Sie eine Tasse Kaffee?« Ich lehne dankend ab, obwohl ich heute noch gar nichts gegessen oder getrunken habe. Ich lehne ab, weil ich nicht unter Hitlers Konterfei sitzen möchte. Es kommt mir vor, als würde er mich dann entdecken und Mittel finden, mich zu vernichten. Was ich mache, ist sicher »entartete Kunst«, und ich weiß noch, was Herr Krogh über die deutsche Intelligenzija sagte. Am nächsten Tag beginne ich meine Arbeit im Schreibbüro der Währungszentrale, und Hitler marschiert in Österreich ein.

SECHZEHN

»Können Sie Carioca tanzen?« Ich blicke von meinem Stenogramm auf und verneine es. Ich sehe den Sekretär an, für den ich stenographiere, und er ist schmuck, nimmt seine Arbeit aber nicht ernst. Träge zurückgelehnt sitzt er auf seinem Stuhl und trinkt ab und zu einen Schluck von dem Bier, das neben ihm steht. Dann gähnt er laut, ohne die Hand vor den Mund zu halten. »Wie auch immer«, sagt er müde, »wo waren wir stehen geblieben?« Wir sitzen in einem großen Raum unter dem Dach. Hier stehen viele Tische mit vielen Sekretären. Wenn sie eine Dame brauchen, rufen sie unten im Schreibbüro an, und die Vorsteherin schickt uns von dort hinauf. Ich mag die Arbeit, aber die Sekretäre bringen mich zur Verzweiflung. Am liebsten wollen sie plaudern, während die Unterlagen in einem blauen Karton liegen, auf dem mit roten Buchstaben EILT! steht. Es sind Anträge auf alles Mögliche, und jedem von ihnen liegt ein ergreifender Brief bei, der nahelegt, dass eine Absage unweigerlich zum Selbstmord führen würde. Jeder Antragsteller schreibt über eilige, streng persönliche Gründe dafür, dass man genau ihm erlauben solle, seine Waren einzuführen, denn die Importe müssen von der Währungszentrale genehmigt werden. Ich kann ziemlich gut Carioca tanzen, aber dies ist meine Arbeitszeit, und ich werde gut bezahlt, besser als je zuvor. »Hören Sie auf, so die Stirn zu runzeln«, sagt mein Sekretär lächelnd, »das endet nur damit, dass sich die Falten festsetzen.« Ich renne die Treppen hinunter und hinein ins Schreibbüro, um den Brief ins Reine zu schreiben. Es ist eine Absage, und ich versuche, den Ton in den Briefen etwas freundlicher und weniger geschäftlich zu gestalten, wie meine Briefe an die Brüder, doch hier geht das nicht. Ich muss alles noch einmal neu schreiben und werde dazu aufgefordert, mich an das Stenogramm zu halten. Wir sind rund zwanzig Mädchen im Schreibbüro, das an eine Schulklasse erinnert. An jedem Tisch sitzt ein Mädchen, und die Tische stehen in drei langen Reihen hintereinander. Am anderen Ende sitzt die Vorsteherin mit dem Gesicht zu uns, wie eine Lehrerin, und wenn es zu laut wird, mahnt sie uns streng zur Ruhe. All die anderen Mädchen sind sehr schick, in engen Kleidern, mit stark geschminkten Gesichtern. Eines Tages kommt eine von ihnen auf die Idee, meine Lippen, Wangen und Augen anzumalen, und sie finden alle, so sähe ich viel besser aus. Sie sagen, ich solle mich immer so hübsch machen, und ich fange an, mir Ninas Kosmetik auszuleihen, wenn wir abends ausgehen. Nachdem ich all meine Gedichte ins Reine getippt habe, halte ich es nicht mehr aus, in meinem Zimmer auszuharren und vor Kälte mit den Zähnen zu klappern. Also setze ich mein Nachtleben mit Nina fort, und obwohl es ziemlich eintönig ist, überschlagen sich die Tage und Abende in dieser Zeit wie ein Trommelwirbel, bevor etwas Spannendes auf der Bühne passiert. Die schrecklichen Jahre bei I. P. Jensen sind Geschichte, ich bin achtzehn Jahre alt und habe mich von meiner Familie abgenabelt. Eines Abends tanze ich im Heidelberg mit einem großen, blonden jungen Mann, der sich von den üblichen Männern dort unterscheidet und auch anders spricht. Er fragt, ob er mir ein Smørrebrød ausgeben darf, und ich sage, dass ich mit einer Freundin hier bin. Das macht nichts, sagt er, dann essen wir eben etwas zu dritt. Nina wirft ihm einen anerkennenden und etwas erstaunten Blick zu, als er sich vorstellt. Er heißt Albert und ist besser gekleidet als die anderen jungen Männer, womöglich sogar Student. Man serviert uns belegte Brote und Bier, und ich kämpfe mit Messer und Gabel und beobachte, wie die anderen ihr Besteck einsetzen. Zu Hause schneiden wir das Essen erst mit dem Messer, um es dann mit der Gabel aufzuspießen. Albert fragt, wo ich wohne, und was ich beruflich mache. Er fragt, was ich verdiene, und ob ich davon leben kann. Es ist kein tiefgründiges Gespräch, aber sonst reden die jungen Männer nie über etwas anderes als sich selbst. Ich bekomme eine unbändige Lust, Albert alles über mich und mein Leben zu berichten. »Vielleicht«, sage ich, »werde ich bald etwas mehr verdienen. Ich schreibe nämlich Gedichte.« Eigentlich erzähle ich das nicht gern, und vor allem sollte ich es nicht tun, wenn so viel Lärm, Gelächter und Musik herrscht. Aber ich habe das Gefühl, ich kann nicht länger warten, und ich weiß nicht, ob ich Albert je wiedersehe. »Ach wirklich«, sagt er überrascht. »Damit hätte ich nicht gerechnet. Sind sie denn gut?« Er lächelt mich von der Seite an, als würde er sich insgeheim über mich amüsieren. Das kränkt mich, und ich spüre, wie ich rot anlaufe. »Ja«, antworte ich. »Einige davon schon.« »Kannst du eins auswendig?«, fragt er mit vollem Mund. »Ja«, sage ich, »aber ich möchte es nicht hier vortragen.« »Dann schreib es auf«, sagt er gelassen und schiebt mir eine Serviette herüber. Er zieht auch einen Bleistift aus der Tasche und reicht ihn mir. Welchen Vers soll ich aufschreiben? Welcher ist der allerbeste? Ich habe das Gefühl, es wäre von enormer Bedeutung, was ich jetzt schreibe, und nachdem ich eine Weile auf dem Bleistift herumgekaut habe, schreibe ich:

Nie durfte ich deine Stimme hören,
Dich niemals sehen und berühren.
Doch das Strampeln winzigkleiner Füße
Werd' ich für immer in mir spüren.

Nachdenklich betrachtet er das Gedicht und fragt, wovon es handele. »Von einem Kind«, antworte ich, »tot geboren.« Er fragt, ob ich auch ein Kind verloren hätte, und ich verneine es. »Das ist doch nicht zu fassen«, sagt er dann und betrachtet mich mit großer Neugier. Nina ist mit einem anderen Mann davongetanzt und zwinkert mir auffordernd zu, als sie an unserem Tisch vorbeikommen. Sie meint, ich solle meine Chance nutzen, und das werde ich auch, auf meine Weise. Albert folgt meinem Blick. »Ihre Freundin ist sehr hübsch.« »Ja«, sage ich und denke, er wünschte sich, er hätte sie gewählt und nicht mich. Aber dieser Teil der Geschichte interessiert mich sowieso nicht. »Wissen Sie«, sage ich beharrlich, »wo man ein solches Gedicht hinschicken könnte, damit es veröffentlicht wird?« »Aber ja doch«, antwortet er, als hätte ich eine ganz alltägliche Frage gestellt. »Kennen Sie die Zeitschrift *Wilder Weizen*?« Ich kenne sie nicht, und er erzählt, das sei ein Heft, wo junge, unbekannte Menschen ihre Gedichte oder Zeichnungen drucken lassen können. Der Herausgeber sei ein Mann namens Viggo F. Møller. Albert schreibt dessen Namen und Adresse auf eine Serviette. »Ich war erst kürzlich bei ihm«, sagt er mit einer Beiläufigkeit, die deutlich macht, wie stolz er darauf ist. »Er ist überaus freundlich und hat ein großes Verständnis für die junge Kunst.« Ich frage Albert vorsichtig, ob er denn auch schreiben würde, und er antwortet ebenso beiläufig wie zuvor, dass er in seiner Freizeit ein paar Gedichte geschrieben hätte, die zum Teil auch schon in *Wilder Weizen* publiziert worden seien. Diese Information verschlägt mir die Sprache. Ich sitze neben einem Dichter. Das ist mehr, als ich mir je erträumt habe. Ich bin immer noch verstummt, als Nina zurückkehrt. Sie hebt ihre hübschen Augenbrauen und scheint nicht der Meinung zu sein, dass Albert und ich Fortschritte gemacht haben. *Im Heidelberg, da verlor ich mein Herz, von einem Augenpaar verzaubert* … Alle erheben sich von ihren Plätzen und stimmen ein, während sie ihre vollen Bierkrüge hin- und herschwenken. Auch Albert ist aufgestanden, und plötzlich verrät seine Haltung eine gewisse Ungeduld. Ich folge seinem Blick und entdecke auf der anderen Seite der Tanzfläche ein schmales junges Mädchen, das allein dort sitzt und sehr ernst aussieht. Als die Musik einsetzt, zahlt Albert die Rechnung, verbeugt sich ein wenig linkisch vor uns und fordert das ernste Mädchen zum Tanz auf. »Das hast du dir selbst zuzuschreiben«, bemerkt Nina verärgert, »er sah richtig gut aus.« Aber eigentlich ist es mir gleichgültig. Ich habe einen Zipfel von jener Welt erhascht, nach der ich mich sehne, und diesen Zipfel gedenke ich nicht wieder loszulassen. Ich lege die Serviette in meine Tasche und lächle meiner Freundin geheimnisvoll zu. »Ich muss jetzt nach Hause, damit ich noch etwas auf der Schreibmaschine tippen kann«, sage ich. »Wenn diese Hexe nur nicht wieder aufwacht.« »Du bist vom Regen in die Traufe gekommen«, meint Nina. »Diese Frau ist keinen Deut besser als deine Mutter.« Ich schiebe mich zur Garderobe und bekomme meinen Mantel zu fassen. Obwohl scharfer Frost herrscht, laufe ich den ganzen Weg nach Hause, und ich fühle mich sehr glücklich. Ein Name und eine Adresse – dass es so viele Jahre dauern kann, bis man das erreicht. Und vielleicht ist es trotzdem nicht genug. Vielleicht möchte dieser Mann meine Gedichte nicht haben. Vielleicht wird er sterben, ehe sie ihn erreichen. Vielleicht ist er längst tot. Ich hätte Albert fragen sollen, wie alt Viggo F. Møller ist. Ich drehe und wende den Namen und überlege, wofür das F. wohl steht. Frants? Frederik? Finn? Was ist, wenn mein Brief niemals ankommt, weil er in der Post verloren geht? Wenn Albert einen völlig falschen Namen angegeben und mir eine Lügengeschichte aufgetischt hat? Manche Menschen finden so etwas lustig. Dennoch – tief in meinem Inneren glaube ich daran, dass es gelingen wird. Es ist zwei Uhr nachts, als ich mich in mein Zimmer schleiche. Ich falte den Überwurf des Diwans mehrmals zusammen und lege ihn unter die Schreibmaschine, um ihr Geräusch zu dämpfen, und dann wähle ich drei Gedichte aus, die ich zusammen mit einem kurzen, formellen Brief abschicke, damit dieser Herr nicht merkt, wie viel es mir bedeutet. »Sehr geehrter Herr Møller«, schreibe ich. »Hiermit schicke ich Ihnen drei Gedichte in der Hoffnung, dass Sie diese in Ihrer Zeitschrift ›Wilder Weizen‹ veröffentlichen. Ergebenst und hochachtungsvoll, T. D.« Ich springe mit dem Umschlag zum nächsten Briefkasten und sehe nach, wann er geleert wird. Ich möchte mir ausrechnen, wann er beim Herausgeber ankommen wird, und bis wann er antworten könnte. Dann gehe ich wieder nach Hause und ins Bett, nachdem ich den Wecker aufgezogen habe. Ich breite all meine Kleidung über die Bettdecke, und trotzdem liege ich lange vor Kälte bibbernd da, ehe ich einschlafe.

SIEBZEHN

Jeden Abend stürze ich vom Büro nach Hause und frage Frau Suhr, ob ein Brief für mich gekommen sei. Das ist nicht der Fall, aber Frau Suhr ist sehr neugierig. Sie fragt, ob jemand aus meiner Familie erkrankt wäre. Sie fragt, ob ich eine Geldsendung erwarten würde und erinnert mich an die fünf Kronen, die ich ihr für den Sessel schulde. Zwischendurch fragt sie manchmal, ob ich Hunger hätte, doch den habe ich nie, obwohl ich nur selten etwas zu Abend esse. Manchmal gehe ich zusammen mit Nina in die Kantine der *Berlingske Tidende.* Dort ist es günstig, aber nur für das Personal. Meine Vermieterin sagt auch, ich würde immer dünner werden, und wäre ich ihre Tochter, würde sie dafür sorgen, dass ich etwas Speck auf die Rippen bekäme. Wenn ich den Duft des Essens rieche, das sie abends kocht, werde ich doch hungrig, aber dann ist es ja schon zu spät. Meistens trinke ich an der Østerport Station eine Tasse Kaffee, ehe ich nach Hause gehe, und esse einen Kopenhagener dazu. Allerdings kann ich mir diese Ausschweifung eigentlich gar nicht leisten, denn ich habe ein knappes Budget. Das gilt auch für die anderen Mädchen im Schreibbüro, obwohl die meisten noch zu Hause wohnen. Am Ende des Monats leihen sich alle gegenseitig Geld, und sie würden es sich auch bei mir leihen, wenn ich welches hätte. Sie nehmen es einem aber nicht übel, wenn man ihre Bitte ausschlägt. Ihre Armut ist nicht erdrückend oder traurig, weil alle etwas haben, dem sie entgegensehen. Alle träumen von einem besseren Leben, auch ich. Die Armut ist vorübergehend und erträglich, sie stellt kein wirkliches Problem dar. Nina hat ihre Mutter, die sie anpumpen kann, und sie hat den Busch. Ninas Mutter ist eine dicke und freundliche Dame, die die Dinge nicht so genau nimmt. Sie lebt davon, bei anderen Leuten putzen zu gehen, und wohnt mit einem Mann zusammen, dem Vater von Ninas zwölf- oder dreizehnjährigem Halbbruder. Man merkt deutlich, dass Nina ihre Kindheit nicht in diesem Zuhause verbracht hat, sondern nur zu Gast ist. Auch in Kopenhagen ist sie nur zu Gast, und mir scheint es unbegreiflich, dass sie sich ernsthaft vorstellen kann, auf dem Land zu wohnen. Während ich auf den Brief warte, gehe ich abends nicht aus, sondern sitze frierend in meinem Zimmer und horche auf Geräusche im Flur. Ich weiß, dass Expressbriefe außerhalb der normalen Postzeiten abgeliefert werden können. Es gibt keinen Grund dafür, warum ich einen Expressbrief erhalten sollte, aber ich lausche trotzdem auf die Türklingel. Eines Abends findet ein politisches Treffen bei Frau Suhr statt, und eine Horde Männer mit Stiefeln fällt ins Wohnzimmer ein, das bald von einem schrecklichen Spektakel erfüllt wird. Dort drinnen schlagen sie die Hacken zusammen und rufen »Heil!« in Richtung des Hitlerbilds. Einige Frauen sind auch dabei. Ihre Stimmen klingen gellend, genau wie Frau Suhrs, und wie immer hoffe ich, dass keine von ihnen meine Anwesenheit bemerkt. Sie singen das Horst-Wessel-Lied und stampfen auf den Boden, dass die Wände wackeln. Frau Suhr kommt mit geröteten Wangen und wild abstehendem Haar zu mir herein. Sie trägt immer noch ihren Kimono und sieht aus, als wäre sie gerade aus einem brennenden Haus entflohen. »Ach«, seufzt sie, »wollen Sie denn nicht mit uns auf den Führer anstoßen? Kommen Sie doch herüber und begrüßen Sie all diese prächtigen Jungs. Seien Sie dabei im Kampf für unsere große Sache!« »Nein«, antworte ich erschrocken, »ich muss dringend noch etwas erledigen. Die liegen gebliebene Arbeit aus dem Büro.« Ich setze mich an den Tisch und klappere auf der Schreibmaschine, damit sie glauben, ich würde arbeiten, und währenddessen denke ich mit Sorge und Unruhe an die Finsternis, die sich gerade auf die ganze Welt hinabsenkt. Trotzdem vergesse ich nicht, ein Ohr in Richtung Flur zu spitzen. Expressbrief, Telegramm, man weiß ja nie. Einige Tage darauf erwartet mich Frau Suhr mit einem Brief in der Hand, als ich die Tür aufschließe. »Na«, begrüßt sie mich mit sensationslüsternen Augen, »hier ist der Brief, auf den Sie gewartet haben.« Ich entreiße ihn ihr und will damit in meinem Zimmer verschwinden, doch sie versperrt mir den Weg. »Machen Sie schon auf«, verlangt sie atemlos, »ich bin genauso gespannt wie Sie.« »Nein«, sage ich mit pochendem Herzen, »das ist streng privat, eine vertrauliche Mitteilung. Ich muss Ihnen leider mitteilen, dass sie der Geheimhaltung unterliegt.« »Oh mein Gott!« Sie greift sich ans Herz und flüstert: »Etwas Politisches?« »Ja«, antworte ich verzweifelt, »etwas Politisches. Und jetzt lassen Sie mich bitte durch.« Sie sieht mich an, als wäre ich eine neue Mata Hari, und zieht sich schwer beeindruckt zurück. Endlich bin ich allein mit meinem Brief. Der Umschlag ist viel zu dick, und meine Knie werden weich vor Angst, der Herausgeber würde mir alles zurückschicken. Ich setze mich ans Fenster und blicke in den kleinen Hinterhof. Die Dämmerung hüllt die Mülltonnen ein, und im Haus gegenüber gehen die Lichter an. Mühsam öffne ich den Umschlag, ziehe den Brief heraus und lese:

»Sehr geehrte Tove Ditlevsen. Zwei Ihrer Gedichte sind gelinde gesagt nicht gut, aber das dritte kann ich verwenden: ›An mein totes Kind‹. Mit freundlichen Grüßen, Viggo F. Møller.« Ich zerreiße sofort die beiden Gedichte, die gelinde gesagt nicht gut sind, und lese den Brief noch einmal. Er möchte mein Gedicht in seiner Zeitschrift drucken. Er ist der Mensch, auf den ich mein ganzes Leben gewartet habe. Ich habe mir von Nina Geld geliehen und eine Ausgabe von *Wilder Weizen* gekauft. Darin steht ein Gedicht von einer Frau namens Hulda Lütken, das ich viele Male gelesen habe, weil ich nicht vergessen kann, dass mein Vater einmal sagte, ein Mädchen könne nicht Dichter werden. Obwohl ich ihm nicht glaubte, haben mich seine Worte tief geprägt. Ich muss meine Freude unbedingt mit jemandem teilen. Ich habe keine Lust, es zu Hause zu erzählen, und Nina würde nicht verstehen, was es mir bedeutet. Der einzige, der es vielleicht verstehen könnte, ist Edvin. Er war der erste, der sagte, meine Gedichte seien gut, nachdem er sich zunächst darüber lustig gemacht hatte, aber das spielt keine Rolle; wir waren damals noch Kinder. Ich nehme die Straßenbahn nach Sydhavnen. Grete öffnet die Tür und lächelt erstaunt, als sie mich sieht. »Komm rein«, sagt sie gastfreundlich, und dann springt sie in die Wohnung und setzt sich auf Edvins Schoß, was offenbar ihre Hauptbeschäftigung als Frischvermählte ist. Ich finde, er sieht ganz hilflos aus in dem tiefen Sessel. »Guten Tag«, sagt er fröhlich, »wie geht es dir?« Er muss Gretes Kopf beiseiteschieben, um mich sehen zu können. »Und wie geht es Schwiegermami und Schwiegerpapi?«, fragt Grete zwischen zwei Küssen. Meine Mutter kann diese liebevolle Anrede nicht ausstehen, aber Grete ist vollkommen unempfindlich für die Kälte, die sie ausstrahlt. Ich bin auch nicht gerade begeistert von meiner Schwägerin, denn ich hatte immer gedacht, Edvin würde eine hübsche, stolze und kluge Frau heiraten und keine ewig lächelnde, rundliche kleine Hausfrau. Doch das will nicht viel heißen, denn meine Gefühle sind nicht annährend so heftig und leidenschaftlich wie die meiner Mutter. Ich erzähle Edvin, was passiert ist, und zeige ihm den Brief. Er bittet Grete, Kaffee zu kochen, während er ihn liest. »Ui«, sagt er beeindruckt, »dafür musst du aber Geld verlangen. Dazu schreibt er kein Wort. Pass auf, dass er dich nicht übers Ohr haut.« Dazu hatte ich nicht nachgedacht, nicht einen Moment. »Er verdient ja Geld daran, dieses Heft zu verkaufen«, erklärt Edvin, »da darf er die Leute auch nicht umsonst für sich arbeiten lassen.« »Nein«, sage ich. Auch Edvin versteht nicht, was für ein Wunder geschehen ist, niemand versteht es. »Jetzt hör mir mal zu«, sagt er. »Du musst ihn anrufen und fragen, was du dafür bekommst.« »Ja«, sage ich, weil ich den Herausgeber einfach nur gerne anrufen würde. Ich würde gerne seine Stimme hören, und das wäre eine glänzende Gelegenheit. Grete deckt den Tisch und plappert irgendetwas Belangloses, und Edvin erzählt ihr von dem Brief. »Hach«, sagt sie glücklich, »dann bin ich ja mit einer Dichterin verwandt. Das werde ich meinen Eltern schreiben. Möchtest du ein paar Scheiben Weißbrot dazu haben?« »Ja, gern«, antworte ich und erkundige mich nach Edvins Husten. Der Arzt habe gesagt, er werde so lange husten, wie er diesen Zelluloselack versprühen müsse. Er werde so lange husten, bis er eine neue Arbeit hätte. Der Arzt habe aber auch gesagt, es klinge schlimmer, als es sei. Er könne nicht daran sterben, nicht einmal richtig krank werden. Seine Lungen seien einfach nur schwarz und gereizt. Während wir Kaffee trinken, betrachte ich meinen Bruder. Er wirkt nicht glücklich, vielleicht ist diese Ehe nicht das, was er erwartet hatte. Vielleicht hatte er sich eine Frau erhofft, mit der er auch über andere Dinge reden kann als über die Liebe und das Essen. Vielleicht hatte er sich gedacht, sie könnten abends etwas anderes unternehmen, als sich in den Armen zu halten und zu erzählen, wie sehr sie einander lieben. Ich stelle mir jedenfalls vor, dass es entsetzlich langweilig sein muss. »Willst du dir nicht bald mal ein neues Kleid kaufen?«, fragt Grete. »Ich habe dich noch nie in etwas anderem gesehen als in dem Kittelkleid. Und du solltest dir eine Dauerwelle legen lassen«, sagt sie, »genau wie ich.« Gretes Haar sitzt in einem Berg kleiner Locken auf dem Kopf, und in den Ohren trägt sie zwei große Ringe, die klirren, wenn sie den Kopf schüttelt. »Ist es nicht komisch, einen so gut aussehenden Bruder zu haben?«, fragt sie. »Ich stelle mir vor, dass das sehr merkwürdig für dich sein muss.« Edvin wird ihre Konversation leid und wechselt schnell wieder in den Sessel. Nachdem die Tassen hinausgetragen sind, setzt Grete sich abermals auf seinen Schoß und kringelt seine schwarzen Locken um ihre Finger. Ich glaube, mein Bruder hat sie geheiratet, um nicht mehr in seinem Zimmer bei der strengen Vermieterin sitzen zu müssen, denn was für einen Ausweg hätte er sonst gehabt? Ich habe ja auch nicht vor, für den Rest meines Lebens bei Frau Suhr zu bleiben. Das Jungsein ist ein vorübergehender, zerbrechlicher und unbeständiger Zustand. Er muss überwunden werden, einen anderen Sinn hat er nicht. Edvin fragt, ob ich die Neuigkeit schon zu Hause erzählt habe, und ich sage, ich wolle warten, bis das Gedicht in der Zeitschrift erscheint. Dann werde ich es ihnen zeigen, nicht vorher. Edvin liest das Gedicht und ist tief beeindruckt. »Aber du steckst immer noch voller Lügen«, sagt er voller Bewunderung, »du hast doch nie ein totes Kind geboren.« Dann erzählt er, Thorvald habe sich mit einem sehr hässlichen Mädchen verlobt, was mich ein klein wenig irritiert. Ich hätte ihn haben können, aber ich wollte nicht. Trotzdem gefiel es mir, dass er auch keine andere hatte. Ehe ich gehe, leihe ich mir von meinem Bruder zehn Öre für den Anruf. Ich muss allein zur Tür finden, weil Grete Edvin gerade ausgiebig etwas ins Ohr säuselt. In einer Telefonzelle auf dem Enghavevej schlage ich Viggo F. Møllers Nummer nach und lasse mich durchstellen, während mir das Herz bis zum Hals schlägt. »Guten Tag«, sage ich, »hier ist Tove Ditlevsen.« Er wiederholt den Namen in fragendem Ton, ehe er sich erinnert. »Ihr Gedicht wird in etwa einem Monat erscheinen«, sagt er, »es ist großartig.« »Bekomme ich eigentlich kein Geld dafür?«, frage ich verschämt. Aber er wird nicht wütend. Er erklärt mir lediglich, keiner erhielte ein Honorar, weil die Zeitschrift Verluste mache, die er aus eigener Tasche begleichen müsse. Ich versichere schnell, das sei auch ganz egal, mein Bruder hätte es mir nur geraten. Daraufhin fragt er, wie alt ich sei. »Achtzehn Jahre«, antworte ich. »Du liebe Güte, mehr nicht?«, erwidert er mit einem kleinen Lachen. Dann fragt er, ob ich Lust hätte, ihn zu treffen, und ich sage ja. Er möchte mich übermorgen um sechs Uhr abends im Café der Glyptotek sehen, dann könnten wir zusammen etwas essen. Ich bedanke mich überwältigt, und er verabschiedet sich. Ich werde ihn treffen. Ich werde mit ihm sprechen. Er wird sich zweifellos für mich einsetzen. Herr Krogh sagte, alle Menschen würden einander für irgendetwas benutzen, und das sei nicht schlimm. Es ist ganz eindeutig, wofür ich den Herausgeber benutzen will, aber wofür will er mich benutzen? Am nächsten Abend gehe ich doch zu meinen Eltern und erzähle alles. Meine Mutter ist allein zu Hause. Sie freut sich sehr, mich zu sehen, und ich bekomme ein schlechtes Gewissen, weil ich mich so selten blicken lasse. Seit Tante Rosalias Tod ist meine Mutter sehr einsam. Das neue Haus ist gerade fein genug, dass man nicht einfach bei den Nachbarn hereinschneit, und sie hat keine einzige Freundin, mit der sie reden und lachen kann. Sie hat nur uns, und wir sind vor ihr geflohen, sobald sie und das Gesetz es uns erlaubten. Wir trinken zusammen Kaffee, und ich sehe genau, wie stark die Phantasie in ihr arbeitet. »Weißt du was«, sagt sie, »dieser Herausgeber – der will dich sicher heiraten.« Ich lache und sage, sie hätte nie etwas anderes im Kopf, als mich endlich unter die Haube zu bringen. Ich lache, doch als ich wieder in mein gemietetes Zimmer komme und ins Bett gehe, überlege ich, ob er wohl verheiratet ist oder nicht. Falls er noch zu haben ist, hätte ich nichts dagegen, ihn zu heiraten. Ganz unbesehen.

ACHTZEHN

Er trägt grüne Kleidung und eine grüne Krawatte. Er hat graues, kräftiges, gelocktes Haar und einen grauen Schnurrbart, dessen Spitzen er oft mit den Fingern zwirbelt. Sein Doppelkinn hängt ein kleines bisschen über seinen altmodischen Eckenkragen. Seine Augen sind leuchtend blau wie die kleiner Kinder, und auch sein Teint ist rosig, hell und durchsichtig wie der eines Babys. Er bewegt seine Arme in weichen, ausgreifenden Gesten und hat kleine, feine Hände mit Grübchen an den Knöcheln. Sein Wesen ist warmherzig und freundlich, und ich vergesse in seiner Gesellschaft schnell meine Schüchternheit. Ähnlich sieht er Herrn Krogh nicht, und trotzdem erinnert er mich ein wenig an ihn. Er studiert ausgiebig die Speisekarte, ehe er ein Gericht wählt, und ohne zu wissen, was es ist, bestelle ich dasselbe. Er sagt, Essen spiele eine wichtige Rolle für ihn, und das könne man ihm wohl auch ansehen. Ich bestreite es höflich und gestehe, dass ich gar nicht darauf achten würde, was ich esse, und er erwidert lachend, das könne man mir wahrlich auch ansehen. Ich sei viel zu dünn, sagt er. Wir trinken Rotwein zum Essen, und ich verziehe den Mund, weil er so sauer ist. Er sagt, das liege daran, dass ich so jung bin. Wenn ich erst älter sei, würde ich guten Wein zu schätzen lernen. Er fordert mich auf, ein wenig von mir zu erzählen, und wie ich auf ihn gekommen sei. Ich bin nervös und aufgekratzt und möchte eine Menge auf einmal sagen. Dabei erwähne ich auch Albert, und er zuckt die Achseln, als wäre er nichts Besonderes. »Bei den jungen Menschen weiß man nie so genau«, sagt er und zwirbelt seinen Bart, »an manche glaubt man, und dann wird nichts aus ihnen. Anderen traut man nichts zu, und dann stellt sich doch heraus, dass sie zu etwas taugen.« Ich frage, ob er glaubt, ich würde zu etwas taugen, und er sagt, auch das könne man nicht wissen. Er sagt, diejenigen, die eindeutig zu nichts taugten, wären junge Männer, die mit einem Gedicht kämen und sagen würden: »Das habe ich in zehn Minuten geschrieben.« Wenn sie das sagten, wisse er, dass sie nichts taugten. »Und was passiert dann?«, frage ich. »Dann rate ich ihnen, Straßenbahnfahrer zu werden oder irgendetwas anderes Vernünftiges«, sagt er und tupft sich mit der Serviette den Mund ab. Ich bin froh, in meinem Brief nicht erwähnt zu haben, wie viele Minuten ich brauchte, um das tote Kind niederzuschreiben. Ich weiß es nicht einmal genau. Ich finde, der Herausgeber ist ein mächtiger Mann, und ich finde, er sieht gut aus. Vielleicht würden andere das nicht finden, und Nina wäre sicher der Meinung, er sei zu alt und zu dick, aber mir ist das egal. Er reicht mir die Speisekarte, denn ich darf mir auch ein Dessert aussuchen, und ich bitte um ein Eis, weil alles andere so kompliziert klingt. Der Herausgeber wünscht Obst mit Sahne. »Ich bin naschhaft«, erklärt er, »weil ich nicht rauche.« Der Kellner behandelt ihn ehrfürchtig und redet ihn die ganze Zeit mit »Herr Herausgeber« an. Mich nennt er junge Dame. »Darf ich der jungen Dame etwas nachschenken?« Tapfer trinke ich den sauren Wein, und mir wird warm und behaglich zumute. Draußen dämmert es, der Wind streicht schwach durch die Bäume auf dem Boulevard. Sie haben bereits ausgeschlagen, und bald öffnet der Tivoli. Viggo F.

Møller erzählt, er liebe den Frühling und den Sommer in der Stadt. Die Bäume schlügen aus, und auch die jungen Mädchen würden erblühen wie hübsche Blumen zwischen Pflastersteinen. Herr Krogh hatte etwas Ähnliches gesagt, und er war nicht verheiratet. Für so etwas haben verheiratete Männer bestimmt gar keinen Sinn. Endlich fasse ich den Mut, ihn zu fragen, ob er verheiratet ist, und er verneint es lachend. »Keine«, sagt er und macht eine bedauernde Geste, »wollte mich je haben.« »Ich war einmal verlobt«, erzähle ich, »aber dann hat er Schluss gemacht.« »Und jetzt?«, fragt er, »sind Sie jetzt nicht verlobt?« »Nein«, antworte ich, »ich warte noch auf den Richtigen.« Ich versuche ihm tief in die Augen zu blicken, aber er will es nicht verstehen. Ich habe mich zu sehr an den Gedanken gewöhnt, dass alles eilt, weshalb ich beinahe erwarte, er würde mir auf der Stelle einen Heiratsantrag machen. Man weiß nie, wo ein Mensch morgen ist. Er könnte einen Brief von einem anderen jungen Mädchen bekommen, das Gedichte schreibt, Hulda Lütken zum Beispiel, und sie zum Essen einladen und mich vollkommen vergessen. Ein Mann wie er muss doch jede kriegen, die er haben will. Mit einer aufkeimenden Eifersucht frage ich, was für ein Mensch Hulda Lütken sei, und er muss beim Gedanken an sie laut lachen. »Sie würde sie nicht ausstehen können«, sagt er. »Sie ist rasend eifersüchtig auf andere Dichterinnen, insbesondere, wenn sie jünger sind als sie. Ihr Temperament würde für zehn Menschen reichen. Ab und zu ruft sie mich an und fragt: ›Møller, bin ich ein Genie?‹ ›Ja‹, antworte ich dann, ›das bist du, Hulda.‹ Dann ist sie eine Zeitlang zufrieden.« Anschließend fragt er mich, ob ich nächsten Monat zum Weizenfest kommen möchte. Auf diesem Fest würden die Goldähre und das Goldkorn gekürt, das seien der

Dichter und der Zeichner, die im Laufe des Jahres die meisten Beiträge im Heft veröffentlicht hätten. Ich frage, was man anziehen müsse, und er antwortet, ein langes Kleid. Als er hört, dass ich kein solches besitze, sagt er, ich könne mir doch eins von einer Freundin leihen. Ich muss an Nina denken, die sich für den Ball im Stjernekroen ein langes rückenfreies Kleid ergaunerte, und sage, ich würde sehr gern zu dem Fest kommen. Man serviert uns Kaffee in hauchdünnen Tassen, und der Herausgeber blickt die ganze Zeit auf seine Uhr, als sei es an der Zeit, bald aufzubrechen. Ich wäre gern noch länger sitzen geblieben. Draußen wartet mein Alltag mit den Eilaufträgen im Büro, den Abenden in den Restaurants, den jungen Männern, die mich nach Hause bringen, und meinem kalten Zimmer bei der Nazi-Vermieterin. Mein einziger Trost in diesem Dasein ist eine Handvoll Gedichte, noch nicht genug für eine ganze Sammlung. Ich weiß auch gar nicht, wie man es anstellt, einen Gedichtband zu veröffentlichen. Nachdem die Rechnung bezahlt ist, legt Herr Møller plötzlich seine Hand auf meine auf der bunten Tischdecke. »Sie haben hübsche Hände«, sagt er, »lang und schmal.« Er tätschelt sie mehrmals, als wüsste er genau, wie leid es mir tut, jetzt aufzubrechen, und als wolle er mir versichern, dass er nicht sofort wieder aus meinem Leben verschwindet. Ich spüre, dass mir die Tränen kommen, ohne zu wissen, warum. Am liebsten würde ich die Arme um seinen Hals legen, als wäre ich von einem langen, langen Spaziergang erschöpft und hätte jetzt endlich nach Hause gefunden. Es ist ein verrücktes Gefühl, und ich blinzle ein wenig, um meine feuchten Augen zu verbergen. Draußen stehen wir noch eine Weile zusammen und betrachten den Verkehr. Herr Møller ist kleiner als ich, was mich verblüfft, weil man es ihm im Sitzen nicht ansieht. »Na dann«, sagt er, »werden sich unsere Wege jetzt wohl trennen. Schauen Sie doch bei Gelegenheit mal vorbei, meine Adresse kennen Sie ja.« Er schwingt seinen grünen, breitkrempigen Hut in einem eleganten Bogen, setzt ihn auf den Kopf und eilt auf dem Boulevarden davon. Ich bleibe stehen und sehe ihm nach, solange meine Augen ihm folgen können. Ich habe das Gefühl, ich müsste immer allen Männern Lebwohl sagen und stehen bleiben und ihrem Rücken nachblicken und hören, wie sich ihre Schritte im Dunkeln verlieren. Und nur selten drehen sie sich um und winken mir zu.

NEUNZEHN

Ich wurde ins Staatliche Getreidebüro auf die andere Straßenseite versetzt, wo es mir viel besser gefällt. Wir sind nur zwei Damen im Büro. Ich bin für den Klappenschrank zuständig und schreibe Briefe für Büroleiter Hjelm. Er ist ein großer, dürrer Mann mit einem langen, verkniffenen Gesicht, das nie auch nur vom Hauch eines Lächelns erweicht wird. Wenn es zu einer Pause im Diktat kommt, starrt er mich an, als würde er mich verdächtigen, auch etwas anderes als Getreide im Kopf zu haben. Das andere Mädchen heißt Kate. Sie ist fröhlich und kindlich, und wir haben großen Spaß zusammen, wenn wir allein sind. Ich warte darauf, dass mein Gedicht in der Zeitschrift gedruckt wird, denn erst dann möchte ich Viggo F. Møller besuchen. Bald habe ich Sommerferien, was immer schon ein Problem für mich war. Nina möchte, dass wir uns im Dänischen Wanderverein anmelden und durchs Land wandern und in Jugendherbergen schlafen. Ich mag aber keine Menschen in Gruppen und habe keine Lust dazu. Wenn mein Gedicht bald erscheint, könnte ich meine Ferien vielleicht beim Herausgeber verbringen. Während ich warte, beobachte ich nach wie vor die kleinen Kinder und die Liebenden, die von der Wärme aus den Häusern gelockt werden. Auch die Hunde beobachte ich, die Hunde und ihre Herren. Einige werden an der kurzen Leine gehalten, an der man sie ungeduldig weiterzieht, sobald sie stehen bleiben. Andere laufen an der langen Leine, und ihre Herren warten geduldig, wenn der Hund von einem spannenden Duft aufgehalten wird. Einen solchen Herren wünsche ich mir. In einem solchen Leben würde ich mich wohlfühlen. Es gibt auch die herrenlosen Hunde, die den Leuten zwischen den Beinen herumlaufen, ohne dass sie ihre Freiheit zu genießen scheinen. An einen solchen herrenlosen Hund erinnere ich, struppig, verwirrt und allein. Ich gehe weniger aus als früher, und Nina sagt, ich würde immer langweiliger werden. Jetzt, da mich die Kälte nicht mehr hinaustreibt, bleibe ich in meinem Zimmer. Wieder und wieder lese ich meine Gedichte, und manchmal schreibe ich ein neues. Ab und zu schaue ich zu Hause vorbei. Mein Vater ist wieder arbeitslos, zwischen ihm und meiner Mutter herrscht eine frostige Stimmung. In der Regel liegt er auf meinem Sofa und döst oder schläft, und meine Mutter sitzt mit einer missbilligenden Miene daneben und strickt. Sie findet, ich solle den Herausgeber bald besuchen, denn sie ist zunehmend davon überzeugt, dass er mich heiraten möchte. »Dicke Menschen«, sagt sie, »sind fröhlich und gutmütig. Es sind die Dürren, die immer schlechte Laune haben.« Sie fragt, wie alt er sei, und ich antworte, um die fünfzig. Auch das findet sie ausgezeichnet, denn dann habe er sich bereits die Hörner abgestoßen und werde ein treuer Ehemann sein. Sie sagt, ich könne bestimmt bald meine Stelle aufgeben und mich von ihm versorgen lassen. Ich erwidere nichts, denn das muss alles noch warten. »Wir werden die Hochzeit ausrichten«, sagt sie, und ich frage mich, was mein Herausgeber wohl zu seiner künftigen Schwiegermutter sagen wird. Er ist älter als sie, glaube ich, aber das stört meine Mutter nicht. Ich beende meine Besuche schnell wieder, weil meine Mutter mich immer unter Druck setzt. Mein Vater sagt hingegen, das hätte doch keine Eile, und ich müsse selbst wissen, wen ich heiraten wolle. »Dir war das schon immer egal«, sagt meine Mutter, »und jetzt schau dir nur mal an, was aus Edvin geworden ist. Das hast du nun von deiner Gleichgültigkeit.« Zu diesem Zeitpunkt ist der Streit von mir abgelenkt, und ich kann sie ruhigen Gewissens verlassen. Als ich eines Tages von meinen Eltern zurückkehre, finde ich eine schriftliche Kündigung von Frau Suhr vor. »Da ich Kenntnis davon erlangt habe, dass Sie an einer konspirativen Aktion teilgenommen haben, wünsche ich, nicht mehr mit Ihnen unter einem Dach zu wohnen.« Mir fällt der politische Brief wieder ein, den ich empfangen habe, und meine Weigerung, an ihren Nazi-Treffen teilzunehmen. Also suche ich mir ein anderes Zimmer auf Amager, unweit vom Wohnsitz des Herausgebers, und fahre mit meinem Koffer und meinem Wecker in der Hand dorthin. Die Vermieter sind eine Familie mit erwachsenen Kindern. Die eine Tochter hat geheiratet, und ich übernehme ihr Zimmer. Es ist schöner und größer als das andere und nur zehn Kronen teurer. Sogar einen Kachelofen gibt es. Ich rufe auf der Stelle Viggo F. Møller an, um ihm meine neue Adresse mitzuteilen. Ein glücklicher Zufall, sagt er, denn das Heft sei nun erschienen, er habe es mir gerade schicken wollen. Er sagt es wie etwas ganz Alltägliches, als hätte ich schon eine lange Reihe von Gedichten veröffentlicht, und dies sei nur ein weiteres. Er sagt es in einem freundlichen, gewöhnlichen Ton, als würden Zeitschriften und Bücher mit meinen Werken die ganze Welt überfluten, und es sei nur eine Bagatelle, wenn ein einzelnes Gedicht verloren ginge. Aber er ist es ja auch gewohnt, mit Menschen wie Hulda Lütken zu verkehren, Menschen, die er mit Vornamen anredet und duzt. Immer wenn ich an sie denke, spüre ich einen Stich von Eifersucht. Ob Viggo F. Møller jemals anderen drollige Geschichten über mich erzählen wird? Wird er sagen: »Übrigens hat Tove kürzlich angerufen und dies und jenes gesagt. Haha.« Und seinen Schnurrbart zwirbeln und lächeln? Tags darauf kommen zwei Exemplare von *Wilder Weizen* mit der Post, und in beiden steht mein Gedicht. Ich lese es wieder und wieder und spüre ein seltsames Kribbeln im Bauch. Gedruckt sieht es ganz anders aus als mit der Hand oder der Maschine geschrieben. Ich kann es nicht mehr korrigieren, und es gehört mir nicht länger allein. Es steht in hunderten oder tausenden Exemplaren der Zeitschrift, fremde Menschen werden es lesen und vielleicht für gut befinden. Es ist über das ganze Land verteilt und vielleicht von Menschen gelesen worden, die mir auf der Straße begegnen. Womöglich tragen sie eine Ausgabe in ihrer Innentasche oder Tasche. Wenn ich mit der Straßenbahn fahre, wird mir vielleicht ein Mann gegenübersitzen und es lesen. Es ist vollkommen überwältigend, und es gibt nicht einen Menschen, mit dem ich dieses Gefühl teilen kann. Ich stürme nach Hause und zeige das Gedicht meinen Eltern. »Ich finde, es ist gut«, sagt meine Mutter, »aber du solltest dir einen Künstlernamen zulegen. Dein eigener ist nicht gut genug. Nimm doch meinen Mädchennamen. Tove Mundus, das klingt viel besser.« »Der Name ist schon in Ordnung«, erwidert mein Vater, »aber das Gedicht ist zu modern. Es reimt sich nicht auf die richtige Weise. Du könntest einiges von Johannes Jørgensen lernen.« Ich nehme mir die Kritik meines Vaters nicht zu Herzen, denn er wollte uns immer schon vor Enttäuschungen bewahren. Seiner Erfahrung nach darf man nicht zu viel vom Leben erwarten, dann wird man auch nicht ernüchtert. Trotzdem bittet er darum, eine Ausgabe behalten zu dürfen, und behandelt sie genauso behutsam wie seine eigenen Bücher. Auf dem Weg nach Hause gehe ich in eine Buchhandlung und frage nach der neuen Ausgabe von *Wilder Weizen.* Sie haben sie nicht vorrätig, können sie aber bestellen. »Wir verkaufen selten Exemplare davon«, erklärt mir der Mann, »die meisten Leser sind Abonnenten.« »Das ist aber schade«, erwidere ich, »ich habe nämlich gehört, dass ein ausgezeichnetes Gedicht darin steht.« Er notiert meinen Namen und sagt, ich könne meine Bestellung in ein paar Tagen abholen. »Das ist ja eine eher kleine Zeitschrift«, fährt er redselig fort, »sie haben wohl nur eine Auflage von 500 Exemplaren. Seltsam, dass sich das rechnet.« Beleidigt verlasse ich den Laden. Aber ich bin nicht mehr dieselbe wie vorher. Mein Name wurde gedruckt. Ich bin nicht mehr anonym. Und bald werde ich den Herausgeber besuchen, obwohl er seine Einladung am Telefon nicht wiederholt hat. Er hat natürlich genug anderes zu tun, als mit jungen Dichterinnen zu plaudern. Eine Woche nach Erscheinen der Zeitschrift werde ich zu Büroleiter Hjelm einbestellt. Sein langes Gesicht ist noch verkniffener als sonst, und vor ihm auf dem Tisch liegt *Wilder Weizen,* auf der Seite mit meinem Gedicht aufgeschlagen. Mir schießt der Gedanke durch den Kopf, dass er mich dafür loben will. »Ich habe«, erklärt er, »diese Zeitschrift gekauft, weil ich dachte, es würde etwas über Getreide darin stehen. Und dann sehe ich« – er schlägt mit seinem Lineal auf mein Gedicht – »dass Sie offenbar ganz andere Interessen haben als das Staatliche Getreidebüro. Es tut mir sehr leid, aber wir können Sie hier nicht mehr gebrauchen.« Er sieht mich mit seinen Fischaugen an, und ich weiß nicht, was ich sagen soll. Ich bin traurig, denn ich habe gern hier gearbeitet, und trotzdem entbehrt die Situation nicht einer gewissen Komik, über die Kate und Nina sicher lachen müssen, wenn ich es ihnen erzähle. »Ja«, sage ich, »dagegen lässt sich wohl nichts ausrichten.« Ich schlüpfe aus dem Büro, gehe zu Kate und erzähle ihr von meiner Kündigung. Sie lacht darüber, dass Herr Hjelm *Wilder Weizen* für eine Agrarzeitschrift hielt, und ich lache auch, aber trotzdem bin ich ein Mädchen, das gerade seine Stelle verloren hat und jetzt nur schwer eine neue finden wird. Kate schlägt vor, ich solle in die Gewerkschaft eintreten und sie bitten, etwas anderes für mich zu suchen, was ich für eine gute Idee halte. Am selben Abend rufe ich Viggo F. Møller an, der sagt, er würde sich freuen, mich am darauffolgenden Abend zu treffen. Da erscheint es mir schon gleich nicht mehr so schlimm, dass ich gefeuert wurde. Vielleicht weiß der Herausgeber einen Ausweg, der noch besser ist als Kates, denn inzwischen habe ich so viele Ausgaben, dass ich es mir nicht erlauben kann, arbeitslos zu sein.

ZWANZIG

»Könnten Sie sich vorstellen«, fragt Viggo F. Møller, »einen Gedichtband zu veröffentlichen?« Er sagt das, als wäre es nichts Außergewöhnliches. Er sagt es, als wäre es etwas ganz Alltägliches für mich, Gedichtbände zu veröffentlichen; als wäre es nicht, solange ich denken kann, mein heißester Wunsch. Und ich antworte mit einer dünnen, alltäglichen Stimme, das könne ich mir durchaus vorstellen, ich hätte nur noch nie darüber nachgedacht. Doch jetzt, wo er es erwähne, fände ich den Gedanken durchaus reizvoll. Ich hoffe, er merkt mir nicht an, wie freudig erregt mein Herz gerade schlägt. Es schlägt, als wäre ich verliebt, und ich betrachte eingehend diesen Mann, der mich so glücklich gemacht hat. Er sitzt auf der anderen Seite des Tischs, auf dem eine flaschengrüne Tischdecke liegt. Wir trinken Tee aus grünen Tassen. Die Gardinen sind grün, die Vasen und Blumentöpfe sind grün, und auch der Herausgeber trägt wie schon beim letzten Mal grüne Kleidung. Die Bücherregale reichen fast bis unter die Decke, und die Wand ist über und über von Gemälden und Zeichnungen bedeckt. Dies alles erinnert mich an Herrn Kroghs Wohnzimmer, doch Viggo F. Møller erinnert nicht sehr an Herrn Krogh. Er ist weniger geheimnisvoll, und ich darf ihn alles fragen, was ich wissen will. Die Sonne geht gerade unter, über dem Wohnzimmer liegt ein sanftes Dämmerlicht, das zu der vertrauten Stimmung passt. Ich helfe meinem neuen Freund, die Tassen in die Küche zu tragen, und er fragt, ob ich nicht ein Glas Wein trinken möchte. Ich nehme dankend an, und er schenkt den Wein in grüne Gläser ein, hebt das seine und sagt: »Prost.« Dann frage ich ihn, wie man es anstellt, einen Gedichtband zu veröffentlichen, und er sagt, man müsse ihn an einen Verlag schicken. Um den Rest würden sich die Leute dort kümmern, wenn sie die Gedichte annähmen. Das erscheint mir sehr unkompliziert. Ich soll ihm alle Gedichte zeigen, die ich habe, damit er sehen kann, ob es genug sind, und ob sie gut genug sind. Ich mag den Wein nicht, seine Wirkung aber schon. Ich bin sehr eingenommen von den weichen, runden Armbewegungen des Herausgebers, von seinem silbergrauen Haar und von seiner Stimme, die sich wie heilender Balsam auf meine Seele legt. Ich habe ihn bereits sehr lieb gewonnen, aber ich weiß nicht, wie es um seine Gefühle für mich steht. Er berührt mich nicht und versucht auch nicht, mich zu küssen. Vielleicht findet er, ich bin zu jung für ihn. Ich frage ihn, warum er nicht verheiratet ist, und er erwidert ernst, bisher habe ihn keine haben wollen. »Traurig«, sagt er, aber jetzt sei es zu spät, nehme er an. Ihm blitzt der Schalk aus den Augen, als er das sagt, und ich runzle die Stirn, weil er mich nicht ernst nimmt. Ich erzähle ihm von meinem Leben, von meinen Eltern, von Edvin und dass ich gerade wegen des Gedichts in *Wilder Weizen* meine Arbeit verloren habe. Letzteres amüsiert ihn köstlich, und er sagt, es würde sicher auch seine Freunde amüsieren, wenn er es ihnen erzähle. Seine Freunde sind richtige Berühmtheiten, und einige von ihnen haben gefragt, wer das arme junge Mädchen sei, das so berührend über sein totes Kind schreibe. Offenbar glauben also nicht nur meine Lieben zu Hause, dass alles, was man schreibt, wahr ist. »Ach!«, sagt er und schlägt sich vor den Kopf, »das hätte ich fast vergessen. Haben Sie Valdemar Koppels Besprechung der neuen Ausgabe in *Politiken* gesehen? Er äußert sich sehr anerkennend über Ihr Gedicht.« Er sucht den Ausschnitt hervor und zeigt ihn mir. Dort steht: »Ein Gedicht, *An mein totes Kind* von Tove Ditlevsen, ist für sich genommen schon Beweis genug für die Existenzberechtigung dieser kleinen Zeitschrift.« »Oh«, sage ich überwältigt, »wie sehr mich das freut! Darf ich das behalten?« Er reicht es mir und schenkt Wein in die grünen Gläser nach. Dann sagt er: »Es macht einen großen Eindruck auf einen jungen Menschen, den eigenen Namen zum ersten Mal gedruckt zu sehen.« »Ich bin so froh, dass ich Sie getroffen habe«, sage ich. »Es ist, als könne einem nichts Böses widerfahren, wenn Sie dabei sind. Wenn ich hier bin, glaube ich nicht einmal, dass es einen neuen Weltkrieg geben wird.« Plötzlich wird Viggo F. Møller ernst. »Es sieht schon sehr düster aus«, sagt er. »Ich kann bestimmt das ein oder andere für Sie tun, meine Liebe, aber den Weltkrieg kann ich nicht abwenden.« Es ist der Wein, der mich zu solchen Sätzen verleitet. Alle Erwachsenen entfernen sich von mir, wenn sie an die Lage der Welt denken. Im Verhältnis dazu sind meine Gedichte und ich nur Staubflusen, die der kleinste Windstoß wegwehen kann. »Nein«, erwidere ich, »aber Sie sterben nicht plötzlich, und dieses Haus wird auch nicht abgerissen.« Ich erzähle ihm von Redakteur Brochmann und Herrn Krogh. Ersteren kannte er, letzteren nicht. »Nein«, sagt er ernst, »was das betrifft, können Sie sich auf mich verlassen. Wollen wir uns nicht duzen?« Darauf stoßen wir an, und er schaltet das Licht der Lampen mit den grünen Schirmen ein. »Du kannst mich Viggo F. nennen«, sagt er dann. »Alle nennen mich Viggo F. oder Møller, keiner nennt mich Viggo, mit Ausnahme meiner Familie.« Seine Eltern seien gestorben, erzählt er, aber er habe einen Bruder und eine Schwester, die er nur selten sehe. »Künstler«, sagt er, »werden nie von ihrer Familie verstanden, deshalb müssen sie zusammenhalten.« Er fragt, ob ich nicht eine Weile zu ihm auf den Diwan kommen wolle, und ich setze mich hinüber. Ich nehme dicht neben ihm Platz, so dass sich unsere Beine berühren, doch das macht anscheinend keinerlei Eindruck auf ihn. Vielleicht bin ich nicht hübsch genug, vielleicht bin ich nicht alt genug. Er erzählt, er sei 53 Jahre alt, und ich erwidere höflich, das würde man ihm nicht ansehen. Und das stimmt auch, abgesehen davon, dass er dick ist. Seine Haut ist rosig und vollkommen faltenfrei. Ich finde, mein Vater sieht viel älter aus. Im Übrigen ist es mir ziemlich egal, wie alt jemand ist. Viggo F.s Vater war Bankdirektor, sein Bruder ist es auch. Er selbst arbeitet als Angestellter bei einer Brandversicherung, und die Arbeit gefällt ihm nicht, aber von irgendetwas müsse man ja leben. Er hat auch Bücher geschrieben, und ich bin beschämt, sie nicht gelesen zu haben. Nicht einmal in der Bibliothek bin ich auf seinen Namen gestoßen. Mein Unwissen irritiert mich. Ich erzähle meinem Freund, dass ich aufs Gymnasium hätte gehen sollen, aber nicht durfte, weil wir es uns nicht leisten konnten. Er legt sanft den Arm um meine Taille, und ein heißer Strom durchfährt mich. Ist das Liebe? Ich bin so erschöpft von meiner langen Suche nach diesem Menschen, dass ich am liebsten vor Erleichterung weinen würde, jetzt, da ich mein Ziel erreicht habe. Ich bin so erschöpft, dass ich seine sanften, vorsichtigen Zärtlichkeiten nicht erwidern kann, sondern nur passiv dasitze, während er über mein Haar streicht und meine Wangen tätschelt. »Du gleichst einem Kind«, sagt er milde, »einem Kind, das sich in der Welt der Erwachsenen nicht ganz zurechtfindet.« »Ich kannte einmal einen Menschen, der sagte, alle Menschen würden einander zu irgendetwas benutzen. Ich möchte dich dazu benutzen, meine Gedichte zu veröffentlichen.« »Ja«, sagt er und liebkost mich weiter, »aber mein Einfluss ist nicht so groß, wie du denkst. Wenn die Verlage deine Gedichte nicht haben wollen, kann ich auch nichts tun. Aber jetzt sehen wir sie uns erst einmal an. Ich werde dir auf jeden Fall helfen.« Als ich auf die Toilette gehe, sehe ich, dass Viggo F. eine Dusche hat, und bin ganz überwältigt. Ich frage ihn, ob ich bei ihm duschen darf, und er bejaht es lachend. Ansonsten gehe ich hin und wieder einmal in die Badeanstalt in der Lyrskovgade, aber das kostet Geld, weshalb ich es mir nicht allzu oft leisten kann. Jetzt stehe ich verzückt unter der Dusche und drehe und wende mich und denke, dass ich jeden Tag duschen werde, wenn ich ihn wirklich heiraten sollte. Als ich aus dem Badezimmer komme, sagt Viggo F.: »Du hast schöne Beine. Heb doch mal dein Kleid ein bisschen, damit ich sie richtig sehen kann.« »Nein«, sage ich und erröte, weil ich in einem Strumpf eine Laufmasche habe. »Nein, sie sind nur von den Knien abwärts schön.« Inzwischen ist es Mitternacht, und ich muss zurück in mein armseliges Zimmer. Viggo F. würde mir ein Taxi spendieren, aber ich sage, das kurze Stückchen könne ich laufen. Und füge hinzu: »Außerdem weiß ich nie genau, wie viel Trinkgeld ich dem Schafför geben soll.« »Denk immer daran, dass es Schoffeur heißt«, sagt er, »nicht Schafför. Französisch, nicht Kopenhagenerisch.« Die Bemerkung verletzt mich, und ich gerate in Wut auf meine Herkunft, meine Unwissenheit, meine Sprache, meinen völligen Mangel an Bildung und Kultur, diese Wörter, die ich kaum kenne. Beim Abschied küsst er mich auf den Mund, und ich gehe durch die laue Sommernacht und rufe mir all seine Worte und Gesten in Erinnerung. Ich bin nicht mehr allein.

EINUNDZWANZIG

Ich habe viele Berühmtheiten getroffen. Ich habe sie gesehen, mit ihnen gesprochen, neben ihnen gesessen, mit ihnen getanzt. Sowie ich den Saal betreten hatte, bewegte ich mich in einer ganz anderen Sphäre als gewöhnlich. Ich ging durch ein blendendes Licht und warf den Glanz der berühmten Menschen zurück wie ein Spiegel. Ich reflektierte ihr Bild, und das gefiel ihnen. Sie lächelten geschmeichelt und machten mir viele Komplimente. Selbst mein Kleid lobten sie, obwohl es Nina gehört und viel zu groß für mich ist. Aber es verdeckte meine Schuhe, die alt und ausgetreten sind und dringend ausgetauscht werden müssten. Die Berühmtheiten scharten sich um Viggo F.s grüne Erscheinung, die ständig auftauchte und wieder verschwand wie Entengrütze in einem sturmgepeitschten Teich. Sie wogte die ganze Zeit vor meinen Augen hin und her, und ich hielt immer nach ihr Ausschau, weil sie mir Schutz und Sicherheit bot inmitten all dieser illustren Menschen. Viggo F. stellte mich ihnen so stolz vor, als hätte er mich erfunden. »Meine jüngste Mitarbeiterin«, sagte er zu den Pressefotografen und zwirbelte lächelnd seinen Bart. Ich wurde gemeinsam mit ihm und ein paar anderen wichtigen Menschen abgelichtet, und das Foto erschien am nächsten Tag im *Aftenbladet.* Es war kein sonderlich gutes Bild, doch Viggo F. sagte, es sei wichtig, freundlich zur Presse zu sein. Ich war auch freundlich. Den ganzen Abend über lächelte ich all die Berühmtheiten an, die mich begrüßen wollten, bis mir am Ende die Wangen wehtaten. Irgendwann schmerzten auch meine Füße vom Tanzen, und als ich schließlich wieder ins Freie trat, kam mir alles unwirklich vor wie ein Traum. Ich konnte mich nicht mal mehr daran erinnern, wer zur Goldähre und zum Goldkorn gekürt worden war. Doch ein junger Mann, mit dem ich getanzt hatte, sagte, das wären sowieso alle einmal. Auch ich könne eines Tages Goldähre sein, es komme nur darauf an, möglichst viel in der Zeitschrift zu veröffentlichen, egal, ob es gut sei oder nicht. Der junge Mann fragte auch, ob ich mit ihm ins Kino gehen wolle, doch ich ließ ihn kalt abblitzen. Ich habe ganz andere Zukunftspläne. Die Gewerkschaft hat mir eine Vertretungsstelle organisiert, und jetzt verdiene ich zehn Kronen am Tag. So viel Geld hatte ich noch nie in den Händen. Inzwischen habe ich meine Zahnarztrechnung abbezahlt und mir ein hellgraues Kostüm mit einem etwas längeren Jackett zugelegt, denn das braune ist aus der Mode gekommen. Ich treffe mich kaum noch mit Nina, weil ich jetzt keinerlei Interesse mehr daran habe, einen jungen Mann kennenzulernen, der mich vielleicht heiraten möchte. Nachdem Viggo F. meine Gedichte angesehen und eine Auswahl getroffen hat, habe ich sie an den Verlag Gyldendal geschickt und warte auf eine Antwort. »Wenn die sie nicht haben wollen«, sagt Viggo F., »musst du sie einfach an einen anderen Verlag schicken. Es gibt genug davon.« Doch ich bin sicher, dass Gyldendal sie haben will, wenn Viggo F. findet, sie seien gut. Er kennt die Verlegerin, eine Frau. Sie heißt Ingeborg Andersen und kleidet sich wie ein Mann. Die Entscheidungen treffe aber nicht sie, sagt Viggo F., sondern ihre Gutachter. Sie heißen Paul la Cour und Aase Hansen, und ich kenne keinen von beiden. Ich kenne keinen dieser berühmten Menschen, weil ich fast nie Zeitung lese und bisher nur längst verstorbene Autoren gelesen habe. Bislang war mir nicht bewusst, dass ich so dumm und unwissend bin. Viggo F. sagt, er werde mir schon noch zu ein wenig Bildung verhelfen und leiht mir *Die Französische Revolution* von Thomas Carlyle. Ich finde das Buch sehr interessant, würde aber lieber bei der Gegenwart ansetzen. Eines Abends, als ich bei Viggo F. zu Besuch bin, klingelt es an der Tür, und aus dem Flur ist eine tiefe Frauenstimme zu hören. Viggo F. kommt mit einer molligen, lebhaften, schwarzhaarigen kleinen Dame herein, die meine Hand schüttelt, als wolle sie sie abreißen, und sich vorstellt: »Hulda Lütken. Aha, so sehen Sie also aus. Sie werden ja derart in den Himmel gejubelt, dass es kaum auszuhalten ist.« Dann lässt sie sich nieder und richtet das Wort die ganze Zeit nur an Viggo F., der mich schließlich auffordert zu gehen, weil er etwas mit Hulda zu besprechen habe. Später erklärt er mir, was er schon früher angedeutet hat: dass Hulda Lütken andere Lyrikerinnen nicht ausstehen könne. Während ich warte, besuche ich manchmal meine Eltern. Mein Vater sagt, es wäre natürlich schön, wenn ich einen Gedichtband veröffentlichen würde, aber leben könne man davon nicht. »Das soll sie ja auch nicht«, entgegnet meine Mutter streitlustig, »dieser Viggo F. Møller wird sie schon versorgen.« Ich erzähle von der Dusche, und meine Mutter steht in Gedanken auch unter Viggo F.s Brausekopf. Ich erzähle von dem Wein in den grünen Gläsern, und meine Mutter trinkt in Gedanken daraus. Sie haben das Foto aus dem *Aftenbladet* ausgeschnitten und es in den Rahmen der Seemannsfrau getan. »Das ist gut geworden«, sagt meine Mutter, »man sieht richtig, dass du deine Zähne hast machen lassen.« Dann erklärt sie stolz: »Der Doktor sagt, ich hätte einen zu hohen Blutdruck. Außerdem habe ich verkalkte Arterien und eine schlechte Leber.« Sie hat einen neuen Arzt, weil der alte nichts taugte. »Was auch immer man für Beschwerden hatte, er hat immer nur behauptet, er würde selbst darunter leiden.« Der neue Arzt gibt meiner Mutter in all ihren Vermutungen recht, und sie konsultiert ihn fleißig. Seit Tante Rosalia gestorben ist und Edvin und ich ausgezogen sind, beschäftigt sie sich ausgiebig mit ihrem Gesundheitszustand, an den sie früher nicht einen Gedanken verschwendet hat. Sie sei in den Wechseljahren, hat der Arzt gesagt, und ihre Umgebung müsse Rücksicht auf sie nehmen. Das hat sie meinem Vater erzählt, der es seither gar nicht mehr wagt, auf dem Sofa zu liegen, was sie ihm schon immer übelgenommen hat. Er sitzt aufrecht und liest, und manchmal schläft er mit dem Buch in der Hand ein. Ich bleibe nie besonders lange, weil ich es schnell leid bin, mir all die alarmierenden Symptome von Mutters inneren Organen anzuhören. Zugleich tut sie mir leid, weil sie ohnehin nicht viel auf dieser Welt hatte, und das Wenige, was sie besaß, hat sie verloren. Eines Tages komme ich von der Arbeit, und auf dem Tisch in meinem Zimmer liegt ein großer, gelber Umschlag. Meine Knie werden weich vor Enttäuschung, denn ich weiß genau, was er enthält. Dann öffne ich ihn. Sie haben mir mein Buch mit einigen wenigen, bedauernden Zeilen darüber zurückgeschickt, dass sie nur fünf Gedichtsammlungen im Jahr herausgeben würden, und diese hätten sie bereits angenommen. Ich nehme den Brief und gehe damit zu Viggo F. »Ach ja«, sagt er, »damit war zu rechnen. Wir versuchen es beim Reitzels Verlag. Du darfst dich von so etwas nicht entmutigen lassen. Du musst an dich glauben, sonst bringst du andere nie dazu, es zu tun.« Wir schicken die Gedichte an Reitzels, aber einen Monat darauf kommen sie erneut zurück. Allmählich wird es spannend, finde ich, denn ich weiß, dass die Gedichte gut sind. Viggo F. erzählt, dass fast alle berühmten Dichter diese Prozedur durchlaufen mussten, ja, man könne fast misstrauisch werden, wenn etwas zu reibungslos gehe. Schließlich haben wir fast die ganze Reihe durch, und es fällt schwer, nicht den Mut zu verlieren. Dann sagt Viggo F., es sei eine finanzielle Frage. Die Verlage würden fast nichts an Gedichten verdienen, weshalb sie auch kaum welche veröffentlichten. Aber *Wilder Weizen* hat einen Stipendienfonds in Höhe von 500 Kronen, der für solche wie mich gedacht ist. Dieses Geld möchte er einem Verlag stiften, damit der die Gedichte herausgibt. Er will die Sache mit seinem Freund Rasmus Naver besprechen. Der erklärt sich bereit, die Gedichte in seinem Verlag herauszugeben, und ich bin glücklich. Eines Tages besucht er Viggo F., um sich mit ihm darüber zu unterhalten. Naver ist ein freundlicher, grauhaariger Herr mit fünischem Dialekt, und ich lächle ihn die ganze Zeit über liebenswürdig an, damit ihn nichts an meinem Wesen von seinem Plan abbringt. Er sagt, Arne Ungermann werde den Umschlag für den Band wahrscheinlich unentgeltlich zeichnen, und ihm gefällt der Titel: *Mädchenseele.* Endlich ist es gelungen, und ich weiß gar nicht, wie ich Viggo F. danken soll. Ich küsse ihn und zause seine Locken, aber er ist derzeit so abwesend. Es scheint, als hätte er durchaus Interesse an mir, aber wichtigere Dinge im Kopf. Eines Abends erzählt er mir von den Konzentrationslagern in Deutschland und sagt, bald wäre ganz Europa ein einziges Konzentrationslager. Er zeigt mir auch eine Zeitschrift, in der er einen Artikel über den Nationalsozialismus geschrieben hat und sagt, falls die Deutschen je nach Dänemark kämen, würde es gefährlich für ihn. Ich denke an meinen Gedichtband, der im Oktober erscheinen soll, und bekomme das seltsame Gefühl, wenn der Weltkrieg ausbricht, werde er nie erscheinen. »Wenn sie in Polen einmarschieren«, sagt Viggo F., »werden sich die Engländer nicht damit abfinden.« Ich erwidere, sie hätten sich schon mit so einigem abgefunden, und berichte von meiner Zeit bei Frau Suhr. Ich erzähle, dass Hitler jedes Mal, wenn ich am Samstag seine Rede durch die Wand gehört hätte, am Sonntag irgendein neues unschuldiges Land überfallen hätte. Viggo F. sagt, er verstehe nicht, warum ich nicht schon früher ausgezogen sei, und ich denke, dass er keine Ahnung hat, was es heißt, arm zu sein. Aber ich sage es nicht. Eines Abends kommt Arne Ungermann und präsentiert mir seine Umschlagzeichnung. Sie zeigt ein nacktes junges Mädchen mit gebeugtem Kopf, und sie ist sehr schön. Eine unschuldige Gestalt, frei von Anzüglichkeit. Er und Viggo F. sprechen über die Lage der Welt und sind sehr ernst. Inzwischen verbringe ich fast all meine Zeit bei Viggo F. Møller, und meine Mutter findet, ich könne genauso gut bei ihm einziehen. »Wann«, fragt sie ungeduldig, »gedenkst du ihn endlich zu heiraten?«

ZWEIUNDZWANZIG

Edvin hat sich von seiner Frau getrennt. Jetzt wohnt er zu Hause in meinem alten Zimmer hinter dem Cretonne-Vorhang, und meine Mutter ist glücklich, obwohl er wieder ausziehen wird, sobald er ein Zimmer findet. Meine Mutter sagt, sie könne gut verstehen, dass er Grete verlassen habe, denn sie hätte nur Klamotten und albernes Zeug im Kopf gehabt, das könne kein Mann auf Dauer ertragen. Doch mein Bruder verbittet es sich, dass sie Grete schlechtmacht. Er sagt, der Fehler liege bei ihm. Er habe sie nicht geliebt, und dafür könne sie nichts. Aus diesem Grund hat er ihr auch die Wohnung überlassen. Die Möbel darf sie ebenfalls behalten, und Edvin wird weiter die Raten abzahlen. Ich gehe gern zu meinen Eltern, jetzt, wo mein Bruder da ist. Wir reden über meinen Gedichtband, und Edvin kann nicht verstehen, warum man mit so etwas kein Geld verdient. »Da steckt Arbeit drin«, sagt er, »und es ist eine Schweinerei, dass sie nicht bezahlt wird.« Wir reden auch über Edvins Husten und die vielen Krankheiten meiner Mutter. Wir reden über meine Arbeit in einer Anwaltskanzlei im Shell-Haus, wo ich Einblicke in die zahllosen Unstimmigkeiten zwischen Menschen erhalte. Und wir reden viel über Viggo F. Møller und die Welt, die er mir eröffnet hat. Ich muss meiner Familie alles über seine Wohnung berichten, wie die Möbel stehen, wie viele Zimmer es gibt und welche Bücher in den Regalen zu finden sind. Ich erzähle meinem Vater, dass

Viggo F. ebenfalls Bücher schreibt, und er sagt, er habe eines davon gelesen, aber es sei nichts Besonderes gewesen. Mein Vater fragt auch: »Ist er nicht zu alt für dich?« Meine Mutter protestiert und sagt, es komme nicht auf das Alter an, es habe sie doch auch nie gestört, dass mein Vater zehn Jahre älter sei als sie. Sie sagt, das Wichtigste sei, dass er mich versorgen könne, damit ich nicht mehr arbeiten müsse. Alle reden, als hätte er mir längst einen Antrag gemacht, und als ich sage, ich wisse doch gar nicht, ob er mich überhaupt haben wolle, tun sie diese Frage als völlig nebensächlich ab. »Natürlich will er dich«, sagt meine Mutter. »Warum sollte er denn sonst so viel für dich tun?« Ich denke darüber nach und komme zum selben Ergebnis. Das Besondere an mir ist, dass ich Gedichte schreibe, aber gleichzeitig bin ich auch ziemlich gewöhnlich. Wie alle jungen Mädchen möchte ich heiraten und Kinder und ein eigenes Zuhause haben. Ein junges Mädchen zu sein, das für seinen eigenen Lebensunterhalt aufkommen muss, hat etwas Schmerzliches, Schutzloses. Man sieht kein Licht am Horizont. Und ich möchte meine Zeit so gern selbst besitzen, anstatt sie zu verkaufen. Meine Mutter fragt, was Viggo F. in dieser Brandschutzversicherung verdient und findet es merkwürdig, dass ich es nicht weiß. »Er ist bestimmt nur ein Stehkragenproletarier«, sagt mein Vater streitlustig und erntet einen wütenden Wortschwall von meiner Mutter und Edvin. »Wenn ich ein Stehkragenproletarier wäre«, entgegnet Edvin wütend, »hätte ich wenigstens nie diesen verdammten Husten bekommen.« »Er riskiert jedenfalls nicht, seine Arbeit zu verlieren und mit einem Buch auf dem Sofa zu faulenzen, während anständige Menschen arbeiten gehen«, pflichtet ihm meine Mutter bei. »Kannst du mal meinen Hals abtasten«, bittet sie mich plötzlich, »ich habe das Gefühl, genau hier würde ein Knoten sitzen. Den muss ich dem Doktor zeigen. Für die Hochzeit engagieren wir eine Köchin, dein Zukünftiger ist natürlich nur das Beste gewöhnt. Suppe, Braten und Dessert, ich weiß noch, wie das in den Häusern war, wo ich gearbeitet habe. Kannst du ihn nicht einmal zu uns nach Hause einladen?« Ich weiß nicht, warum ich es nicht tue. Meine Familie gehört mir. Ich kenne sie und bin sie gewohnt. Ich mag es nicht, wenn sie vor einem Menschen aus höheren Kreisen vorgeführt wird. Viggo F. hat sogar gefragt, ob er meine Eltern nicht einmal kennenlernen dürfe. Er wolle, sagte er, gern einmal die Menschen kennenlernen, die ein so sonderbares Wesen wie mich hervorgebracht hätten. Aber ich finde, das hat Zeit, bis wir heiraten. Mein Vater und Edvin sprechen auch über den drohenden Weltkrieg. Dann langweilt meine Mutter sich, und mir vergeht die Laune. Plötzlich ist es eine Tatsache. England hat Deutschland den Krieg erklärt, und ich stehe mit tausend anderen stummen Menschen vor dem Gebäude von *Politiken* und verfolge die Nachrichten in Laufschrift. Ich stehe neben meinem Bruder und meinem Vater und weiß nicht, wo Viggo F. in dieser Schicksalsstunde ist. Als wir nach Hause gehen, spüre ich ein quälendes Ziehen im Bauch, wie einen großen Hunger. Wird mein Gedichtband jetzt noch erscheinen? Wird der Alltag überhaupt weitergehen? Wird Viggo F. mich heiraten, wenn die ganze Welt in Flammen steht? Wird Hitlers böser Schatten auch auf Dänemark fallen? Ich gehe nicht mit den anderen nach Hause, sondern nehme die Straßenbahn zu meinem Freund. Eine Menge Berühmtheiten haben sich bei ihm versammelt, und er scheint mich kaum zu bemerken. Sie trinken Wein aus grünen Gläsern und äußern sich sehr besorgt über die Situation. Ungermann fragt, wie ich seine Zeichnung finde, und ich danke ihm dafür. Dann wird das Buch wohl doch erscheinen. Ich gehe nach Hause, ohne die Gelegenheit gehabt zu haben, richtig mit Viggo F. zu sprechen, und in der Nacht träume ich unruhig vom Weltkrieg und von *Mädchenseele,* als bestünde zwischen beiden eine schicksalhafte Verbindung. Doch schon am nächsten Tag zeigt sich, dass das Leben weitergeht, als wäre nichts geschehen. In der Kanzlei türmen sich die Scheidungsangelegenheiten und die Nachbarschaftsstreitigkeiten und andere hitzige Auseinandersetzungen. Aufgebrachte Menschen stehen am Empfang und verlangen nach dem Anwalt, der nur selten anwesend ist, und ich muss mir anhören, wie sie ihren ganz besonderen, äußerst dringlichen Fall darlegen, während keiner mehr darüber nachzudenken scheint, dass gestern der Weltkrieg ausgebrochen ist. Meine Vermieterin erzählt mir, dass der Preis für Speck um 50 Öre das Kilo gestiegen sei, und Nina besucht mich und vertraut mir an, dass sie einen wunderbaren Mann kennengelernt hat, für den sie einmal mehr plant, den Busch zu verlassen. Rein gar nichts hat sich verändert, und als ich zu Viggo F. gehe, ist auch er wieder bester Laune und verströmt große, warme Wellen von Ruhe und Gemütlichkeit. »In drei Wochen«, sagt er, »erscheint dein Buch. Bald musst du es Korrekturlesen, und dann darfst du nicht traurig sein. In der Korrektur findet man nie etwas gut genug. So geht es allen.« Viggo F. interessiert sich überhaupt nicht für gewöhnliche Menschen. Er mag nur Künstler und umgibt sich nur mit Künstlern. Alles, was an mir eher gewöhnlich ist, versuche ich vor ihm zu verbergen. Ich verberge, dass ich mich über das neue Kleid freue, das ich gekauft habe. Ich verberge, dass ich Lippenstift und Rouge auflege, und dass ich mich gern vor den Spiegel stelle und mir fast den Hals verrenke, um zu sehen, wie ich im Profil wirke. Ich verberge alles, was ihn davon abbringen könnte, mich zu heiraten. Er hat recht mit der Korrektur. Als sie kommt, gefallen mir meine eigenen Gedichte nicht mehr, und ich finde viele Wörter und Ausdrücke, die besser sein könnten. Doch ich ändere nicht allzu viel, weil Viggo F. sagt, dann würden die Druckkosten zu teuer. In den Tagen vor Erscheinen des Buches bleibe ich die ganze Zeit in meinem Zimmer, wenn ich nicht im Büro bin. Ich möchte da sein, wenn ich mein Buch zugeschickt bekomme. Eines Abends liegt ein großes Paket auf meinem Tisch, als ich nach Hause komme, und ich reiße es mit zitternden Händen auf. Mein Buch! Ich nehme es in die Hand und empfinde ein feierliches Glück, das nichts gleicht, was ich je gefühlt habe. Tove Ditlevsen. *Mädchenseele.* Es kann nicht mehr zurückgezogen werden. Es ist unwiderruflich. Das Buch wird immer da sein, unabhängig davon, wie sich mein Schicksal gestaltet. Ich öffne eines der Exemplare und lese ein paar Zeilen. Sie erscheinen mir merkwürdig fern und fremd, jetzt, da ich sie gedruckt sehe. Ich öffne ein weiteres Exemplar, weil ich nicht richtig glauben kann, dass in allen dasselbe steht. Aber so ist es. Vielleicht kommt mein Buch in die Bibliotheken. Vielleicht wird ein Kind, das insgeheim Gedichte mag, es eines Tages dort finden, meine Verse lesen und etwas dabei fühlen, das seine Umgebung nicht versteht. Und dieses seltsame Kind kennt mich überhaupt nicht. Es wird nicht darüber nachdenken, dass ich ein lebendiges junges Mädchen bin, das arbeitet, isst und schläft wie andere Menschen auch. Denn darüber habe ich selbst als Kind nie nachgedacht, wenn ich Bücher las. Ich erinnerte mich nur selten an die Namen derjenigen, die sie geschrieben hatten. Mein Buch wird in die Bibliotheken kommen, und vielleicht wird es auch in den Schaufenstern der Buchhändler stehen. Es ist in einer Auflage von 500 Exemplaren erschienen. Zehn davon habe ich erhalten. 490 Menschen werden es kaufen und lesen. Vielleicht werden auch deren Familien es lesen, und vielleicht verleihen sie es weiter, so wie Herr Krogh mir seine Bücher geliehen hat. Ich möchte bis zum nächsten Tag damit warten, Viggo F. das Buch zu zeigen. Heute Abend möchte ich damit allein sein, denn es gibt niemanden, der wirklich versteht, was für ein Wunder es für mich ist.

Tove Ditlevsen
Abhängigkeit
Teil 3 der Kopenhagen-Trilogie
Aus dem Dänischen von Ursel Allenstein
176 Seiten. Broschur
ISBN 978-3-7466-3994-9
Auch als E-Book lieferbar

Abhängigkeit

In »Abhängigkeit« schreibt Tove Ditlevsen offen und absolut gegenwärtig über ihr Leben als Frau, Schriftstellerin und Mutter, über Liebe, Freundschaft und die Verlockungen der Sucht. Die Geschichte einer Befreiung, und das eindringliche Porträt einer Frau – verletzlich, souverän, eigenständig.

»Drei schmale Bände, eine monumentale Autorin.«
Patti Smith

atb aufbau taschenbuch